De smuckste Deern vun'e Welt

Klaus-Peter Asmussen, geboren 1946 in Handewitt, wuchs mit plattdeutscher Muttersprache auf. Nach Abitur am Alten Gymnasium, Flensburg, und sechssemestrigem Studium an der damaligen Pädagogischen Hochschule Flensburg trat er in den Schuldienst ein und war zunächst sechs Jahre lang als Grund- und Hauptschullehrer in Dithmarschen tätig. Ab 1976 arbeitete er als Realschullehrer für Englisch und Dänisch in Tarp, Kreis Schleswig-Flensburg, bis er 2010 in den Ruhestand trat. 2007 veröffentlichte er bei BoD – Books on Demand „Planten un Blomen", ein „Wörterbuch schleswig-holsteinischer Pflanzennamen" (ISBN 978-3-8334-8589-3). Seit 2005 befasst er sich mit dem Übertragen von Märchen unterschiedlichster Provenienz in die plattdeutsche Sprache und Kultur. Sein hier vorgelegtes siebzehntes Märchenbuch enthält lauter Märchen, deren Ursprünge in Frankreich liegen. Davon stammen gut die Hälfte (13) aus der Bretagne, sieben aus Les Landes und der übrigen Gascogne und zwei aus Lothringen. Die restlichen drei, von denen zwei der Sammlung von Charles Perrault entnommen sind, lassen sich keiner Region zuordnen. Klaus-Peter Asmussen wohnt heute in seinem Geburtshaus in Langberg, Gemeinde Handewitt.

Klaus-Peter Asmussen

De smuckste Deern vun'e Welt

un anner Märkens,
nü vertellt up Sleswigsche Geestplatt

© 2019 Klaus-Peter Asmussen

Herstellung und Verlag:

BoD – Books on Demand

ISBN 9783748190509

Wat in düt Book insteiht

De smuckste Deern vun'e Welt

Dar is mal en König we'n, de hett twee Jungs hatt. De öllste hett in sin ganze Leven noch nich eenmal lacht, un dat hett de Vadder düchtig Sorgen maakt. Mal laadt he en ganze Barg vun sin Frünnen in, all Königs, dat se mit'nanner en Weg söken woe'n un bringen de Jung to'n Lachen. Toletzt seggen se, he schall man en Toorn buu'n laten mit en platte Dack, un darvör schall he hunnert Tunnen mit Etig un hunnert Tunnen mit Öl hensetten laten, un denn schall he utropen laten, de dar wat vun hebben woe'n, koenen sik dar ganz för umsunst wat vun halen.

As de Toorn ferdig is, klarrt de Jung up't Dack, dat he de Lüüd bekieken kann, de dar vun all Sieden ankamen. All de arme Lüüd vun't Land kamen un halen sik wat in holten Foet, in Korvbuddeln, in Toonkruken, in Ammern, in Kannen un lütte Pütte un ole Nappen, kort seggt, in allens, wat se jüst in'e Fingern kümmt un holl is. Un all woe'n se toeerst an'e Tour un stöten sik un hau'n sik, dat is en gresige Dör'nanner. Hen to Avend is allens leddig, un de König sin Soehn hett sik allens ankeken un nich eenmal lacht. Nu is dar blots noch een Ölfatt, 'nem sik af un to en paar Drüppen rutketteln laten.

Do kümmt dar en arme Kroepel an mit en Buddel in'e Hand un geiht bi un holen 'n an dat Fatt, dat he de paar Drüppen upfangt, de dar noch rutlopen. De Jung, de sik dat Spillewark ankickt, kriggt sik en lütte Steen un smitt 'n up'e Buddel, dat 'n mang de Mann sin Hänne in Stücken springt. Un do ward he foorts lachen as so'n wrinschen Perd. Un he lacht un lacht un kann sik gar nich wedder inkriegen. Sin

Broder hett bi em stahn, un de rönnt nu hen för un vertellen dat se's Vadder. Man de arme Mann seggt to de Jung, de em sin Buddel tweimaakt hett, dar hett he em en Tort mit andaan. Un darför will he em man seggen, he ward nie nich en Mann, so lang' as he nich is bi de smuckste Deern vun'e Welt we'n.

De Jung vertellt de Saak sin Vadder un seggt, he will man foorts afste' un söken de smuckste Deern vun'e Welt. Is guut, seggt de König, denn schall he man gahn, man he schall sin Broder mitnehmen, de kann em vellicht nütten.

Un do maken de beide Jungs sik up'e Padd. Se steveln en lange, lange Tied, un do kamen se in en bannig düüstere Holt, 'nem heel un deel nix to seh'n is, keen Huus un keen Lüüd. De jüngere vun de beiden klarrt up en Föhrenboom; vun dar baven ward he en ganze Enne weg en Schosteen wies, 'nem Rook ut upstiggt. Se moeten in de dare Richt, seggt he.

Se marscheer'n los un kamen na dat dare Huus. Dar maakt en Fruu se de Dör up.

„Moin, leeve Fruu", seggen se.

„Moin, Jungs. Wonem woe'n I denn up dal?"

„Wi sünd up'e Söök na de smuckste Deern vun'e Welt."

„Dat hebben I fein drapen", seggt de Fruu. „De wahnt hier dicht bi. Kiek, dar achtern, dar steiht en Huus mit twee Grootdören, en smucke een un en grimmige[1] een. I gahn rin dör de smuckere. Denn moeten I dalklarrn up'e Grund vun en Soot. Nimm

---

[1] grimmig = hässlich (dän. grim)

man düsse Tauen un düsse Korv mit, de warrn I sachs bruken."

De beide Jungs bedanken sik bi de Fruu un gahn na dat anner Huus. Se maken de smuckere vun de beide Grootdören up – de is nich toslaten – un stahn in en Saal ahn anner Dören un ahn Finstern. Wieder geiht dat blots dör en Soot.

De öllere vun'e Jungs sett sik in'e Korv un lett sik dalfieren vun sin Broder. As he dalkümmt up'e Grund, finnt he dar en swatte Zegenbuck, bannig grimmig un stinkig: Dat is de Düvel.

„Wat wullt du denn hier, du Worm?" fraagt de Düvel.

Ja, seggt he, he hett en arme Kroepel en Tort andaan, un do hett de to em seggt, he ward keen Mann, so lang' as he nich is bi de smuckste Deern vun'e Welt we'n.

„Hör to", seggt de Düvel, „hier is noch en Düvel, grötter un mit mehr Knoev as ik, man ik will geern de Baas we'n. Wenn du mi darbi helpen wullt, denn help ik di uck. Du geihst nu hen na em. Wes man nich bang': He ward di inladen un spelen Kaarten mit em. Ik deel de Kaarten ut: Du kriggst all de Trümpf un he de Luschen. Achterher musst du di mit em hau'n: Em gev ik en Stang vun soeven Zentner un di een vun föftig Pund. Wenn du sühst, sin Stang kümmt dal up di, spring to Siet, un de Stang fahrt soeven Faden deep in'e Grund. Denn haust du em twischen Hals un Schuller, un ik help di darbi."

Do geiht de Jung hen na de anner Düvel. Dat is en grote swatte Zegenbuck, grimmig un stinkig un groot, rein to'n Bangwarrn! As he de Jung wies ward, bölkt he: „Öh! Wat wullt du denn hier, du Worm?"

Ja, seggt de Jung, he hett en arme Kroepel en Tort andaan, un do hett de to em seggt, he ward keen Mann, so lang' as he nich is bi de smuckste Deern vun'e Welt we'n.

„Wullt du ehr denn för di winnen?" fraagt de Düvel.

Ja, seggt he, wenn't angahn kann.

De grote Düvel röppt de lütte Düvel, he schall de Kaarten halen un utdeelen för't Spill. Denn gahn se bi un spelen: De lütte Düvel gifft de Jung all de Trümpf un de grote Düvel all de Luschen. Do gewinnt de Jung ja ümmerlos. De Düvel hett en grote Mess bi de Hand, un ümmer wenn he verleert, fahrwarkt he dar up'e Disch mit rum. He is splitterndull, un na dat Spill will he sik mit de Jung hau'n. He schickt de lütte Düvel hen un halen de beide Iesenstangen, een vun soeven Zentner, de anner vun föftig Pund. Denn seggt de Düvel, he is de Baas, darum fangt he an.

He böhrt sin grote Stang vun soeven Zentner tohööcht, man jüst as 'n dalkümmt up'e Jung, do hoppt de gau to Siet, un de Stang jaagt soeven Faden deep in'e Grund. Man de Jung verleert keen Tied, he neiht de Düvel mit sin Stang vun föftig Pund düchtig een in'e Nack, un do is de sin Kopp foorts af. Denn nehmen he un de lütte Düvel dat grote Mess un snieden de leege Buck in lütte Stücken un smieten de in't Füer.

Denn bringt de lütte Düvel de Jung na de Kamer, 'nem de smuckste Deern vun'e Welt inspunnst is. De dare Deern is so smuck, de König sin Soehn kriggt rein dat Bevern. Upletzt fraagt he ehr, um se will sin Fruu warrn. Se seggt foorts ja, un se tuuschen de

Ringen. Denn woe'n se afste'. Do fraagt de lütte Düvel de König sin Soehn, wokeen dar baven dat Tau tohööcht trecken schall.

O, seggt he, dat is sin Broder. Na, seggt de lütte Düvel, denn schall he sik man toeerst ruptrecken laten, un he will em denn de Deern achterna schicken. Man nee, dat will he nich.

Un do lett de König sin Soehn de smuckste Deern vun'e Welt sik in'e Korv setten, un se ward na baven trocken. Denn, as de Korv wedder dal kümmt, sett he sik dar sülven rin. Man he is noch nich mal halv baven, do haut sin Broder dat Tau dör un lett em wedder dalfallen an'e Grund.

„Sühst woll!" röppt de Düvel, „heff ik di dat nich seggt, dat löppt up Schiet ut? Du wu'st mi dat ja nich gloven. Truust mi woll nich ... Un nu? Wodennig wullt du nu hier rutkamen?"

Ja, dat weet he uck nich, seggt de Jung un is ganz sluck.

„Na, denn hör to", seggt de Düvel, „ik will di seggen, wodennig du di retten kannst. Du geihst nu dal an't Enne vun düsse Höhl: Dar sitten wecke grote un lütte Adlers. Man keen Bang', de doon di nix. Un denn fraagst du een vun de groten, um 'n di will rupbringen na baven. Denn nimmt 'n di up sin Rügg, un du hollst di fein fast an sin Hals un an sin Feddern. Man för sin Möögde musst du 'n wat Fleesch geven. Kiek, hier hest du en feine Hamelküül."

De Königssoehn maakt allens akraat so, as de Düvel em dat seggt hett. En Adler nimmt em up'e Rügg, un denn klarrt 'n mit Snabel un Klauen de Wänne vun'e Soot tohööcht bet na baven. Dar gifft de Jung dat

Deert sin Fleesch un denn reist 'n wedder af na nedden.

De Prinz freut sik ja, he is wedder frie, un maakt sik up'e Padd na de Königsstadt, na sin Vadder. Hen to Avend is he meist dar, do bemött he up en Wisch en Schäper, de wahrt dar sin Deerten un spelt up'e Fleut.

„Moin, Schäper."

„Moin, Herr."

„Segg mal, wullt du mi nich en Gefallen doon?"

„Ja, geern", seggt de Harder, „wenn ik dat kann ..."

Um he denn nich mit em dat Tüüg tuuschen will, fragt de Königssoehn. De Schäper meent ja, he will em up'e Arm nehmen. Nee, nee, seggt de Königssoehn, dat is sin Eernst. Un he will geern sin Fleut upto hebben. Och, seggt de Schäper, Fleuten kann he sik ja frischen maken; man so'n Tüüg as de Prinz sin, dar kümmt he ja nich so licht bi ... Na, seggt de Königssoehn, denn woe'n se man foorts bi bi de Tuusch.

Un do tuuschen se denn se's Tüüg. Un denn geiht de Jung na en Kroog, dat he dar Nacht blieven will, ahn dat em een kennen ward. De neegste Morrn geiht he denn na sin Vadder sin Slott.

He hett hört, seggt he, se söken en Gaarner.

„Ja", seggt de Huushoffmeister, „dat hest du guut drapen, min Jung. Wi hebben hier en Daam, de mag de Blöme so geern lieden un will de Gaarn un de Vörgaarn orntlich up Schick bringen laten. Se is de junge Herr sin Bruut."

Un do bringt he de Jung na de Gaarn, un de geiht foorts an't Wark. To Avend, as he sin Dagwark daan hett, kümmt he bi un geiht spazeern langs de Gaarnstieg'en un spelt dar up'e Schäperfleut bi. Un he spelt so fein, de Daam un ehr Kamerdeern kamen an't Finster un hören to.

De neegste Morrn seggt de smuckste Deern vun'e Welt to de Kamerdeern, se schall hengahn na de Gaarner, he schall ehr en Blomenstruuß t'rechtmaken.

Um he so guut we'n will un maken en Struuß för dat Frollein, seggt de Kamerdeern to de Gaarner. Ja wiss, seggt he, foorts. Un do binnt he en ganze grote Blomenstruuß, un merrn in de dare Struuß deit he de Ring, de de smuckste Deern vun'e Welt em geven hett, as he ehr bi de Düvel ruthaalt hett.

As dat Frollein de dare grote Struuß wies ward, röppt se: „Mein Zeit, wat en gewaltige Struuß! De dare Blöme langen ja för twee! Hier, krieg man de halven af“, seggt se to de Kamerdeern. Un se geiht bi un deelen de Blöme, do fallt ehr mitmal de Ring in'e Schoot.

„O Gott“, seggt se und ward weenen, „de dare Ring, de kenn ik doch … Deern, gah gau hen un haal mi de Gaarner her!“

De Kamerdeern wunnert sik ja un geiht eerstmal hen na de König un vertellt em de Saak. Do seggt de König to ehr, se schall hengahn na de Gaarner, man se schall em eerst na em henschicken.

As de Jung vör de König kümmt, ward de ja foorts sin öllste Soehn kennen. Gau lett he em sik umtrecken in Herrentüüg, un denn gahn se all beid na dat Frollein ehr Stuuv.

As se de Jung wies ward, fallt se em foorts um'e Hals un gifft em en Söten. Dat is de, de ehr ruthaalt hett, seggt se to de König, un em will se heiraden. Un do vertellen se de König allens, wat bi de Düvel passeert is.

Warum se em dat denn nich allens al ehrer vertellt hett, fraagt de König. Ja, seggt se, sin tweete Soehn hett seggt, wenn se em verraden deit, denn bringt he ehr um'e Eck.

„Süh so", seggt de König to sin Soehn, „wo din Broder di so oevel mitspelt hett, gev ik em in din Hand. Maak mit em, wat du wullt. He hett seggt, du weerst doot. Straaf em, he hett dat verdeent."

Do laten se de leege Broder griepen un sparrn em in för de Rest vun sin Leven, un to leven kriggt he een Swattbroot un een Buddel Wien up'e Dag. Un nie nich hett em een besöcht.

Un de anner Soehn hett de smuckste Deern vun'e Welt heiraad't.

De beide Bröder

Dar is mal en Fruu we'n, de hett en Paar Twillings hatt. Se hett nich vel in'e Melk to krömen hatt, un do is se ümmer to Holts gahn un hett sik Brennholt sammelt, un ehr Kinner hett se denn mitnahmen. Mal hett se ehr Füerholt tohopen un will na Huus, do süht se en Baar ankamen. Do kriggt se dat gewaltig mit'e Angst un nimmt een vun ehr Jungs ünner elkeen Arm. Man in't Lopen lett se een vun se fallen un hett nich de Kraasch un blieven stahn un kriegen em wedder up. De neegste Dag geiht se denn wedder to Holts, man se kann dar, 'nem ehr Jung dalfullen is, keen Spier Bloot finnen.

De Baar hett de Jung mit na sin Höhl slept un treckt em up as een vun sin eegne Jungen: Em wassen Haar as bi en lütte Baar, un he löppt uck up veer Poten un kriggt Knoev as en Beest.

***

De anner Jung, de bi sin Mudder bleven is, ward groot, un as he twintig is, seggt he to sin Mudder, he will afste' un söken sin Broder, he meent, de is nich doot.

He kriggt sik en Perd un en Säbel un geiht to Holts; dar schall en Deert we'n, so ward vertellt, dat hett so vel Knoev, dat en Deel Suldaten, de henschickt wurrn sünd un maken 'n doot, 'n nich hebben fangen kunnt un uck nix doon.

He bemött dat Deert un haut sik twee Stunnen lang mit 'n, man se doon sik nix toleed. As se möö' warrn, holen se up un setten sik blangen enanner dal. De junge Bengel geiht bi un itt wat Broot, un dat Deert kriggt uck en Stück un itt dat mit Vergnögen. Denn leggt et sik lang up'e Rügg to'n Teeken, dat et sik de Jung in'e Hand gifft.

Do maakt he sik up'e Padd mit dat Deert un kümmt na en Stä', dar wahnt en Ries, de seggt, he schall sik mit em hau'n.

Dat Deert maakt de junge Bengel en Teeken, et will an sin Stä' hengahn. Do kriggt dat sin Tüüg an un kümmt na de Ries sin Slott. De Ries kriggt sik en lange Iesenstang un jaagt 'n in'e Grund, dat dar blots noch en lütte Stummel rutkickt. Denn seggt he, dat deit ja gar nich nödig un hau'n sik. Wenn de anner de dare Iesenstang wedder rutkriegen kann, denn hett he wunnen.

Dat Deert kriggt de Iesenstang faat mit sin Klauen un treckt 'n ganz licht rut. O, seggt de Ries, denn hett he doch de mehrste Knoev.

Do hett dat Deert de Ries oeverwunnen un geiht wedder na sin Herr. De mutt nu nödig mal de Baart afhebben, un do geiht he mit sin Deert na en Barbeer. Dar maakt dat Deert em en Teeken, et will uck barbeert warrn.

Do geiht de Barbeer bi un raseert dat Deert, un as de Haar na un na fallen, kümmt dar en Mannsgesicht rut. Un as he ferdig is, do ward de junge Bengel sin Broder kennen, de süht em liek as een Drüpp Melk de anner. Do fallt he em um'e Hals, un dat Deert seggt, he harr woll seh'n, he weer sin Broder. Anners harr he em jüst so toschannen maakt as de Suldaten, de se schickt hebben för un maken em doot. Un nu woe'n se na se's Mudder gahn, seggt he.

Do gahn se hen na ehr, un de Mudder is acht Daag
rein krank vör Freud, dat se ehr Soehn weddersüht,
'nem se vun meent hett, he weer doot.

Blaubaart

Dar is mal en Mann we'n, de hett wecke feine Hüser hatt in'e Stadt un uck up't Land, gollne un sülverne Geschirr, stickte Möbeln un heel un deel vergold'te Kutschen. Man een Deel is grote Schiet we'n: He hett en blaue Baart hatt, un de hett em so grimmig[1] un gresig utseh'n laten, de Lüüd sünd all utneiht vör em.

En Naversch to em, en vörnehme Daam, de hett twee Deerns, un do hollt he an um een vun se. Man se woe'n all beid för Kroepels Gewalt nich, se koenen sik nich oeverwinnen un nehmen een mit en blaue Baart. Un denn – wat se noch mehr afstöten deit –, he is al en paarmal verheiraad't we'n, un keeneen weet, wat ut de dare Fruunslüüd wurrn is.

För un maken sik beter bekannt bringt Blaubaart se mit se's Mudder un dree, veer ut se's Fründschopp na een vun sin Landhüser, un se blieven dar ganze acht Daag. Dar gifft dat nix as Spazeer'ngahn, as Jagen un Fischen, as Danz un Fest un Gesell-schaften. Dat is allens so fein, un do dücht de jün-gere vun de beide Deerns bi lütten, de Herr vun't Huus is eegens doch en heel feine Keerl. Un foorts, as se wedder in'e Stadt sünd, ward denn Hochtied maakt.

Na en Maand seggt Blaubaart to sin Fruu, he mutt verreisen in wichtige Geschäften, un dat duert to-minnst söss Wuchen. Se schall sik man de Tied nich lang warrn laten, wenn he weg is, seggt he; se kann ja ehr Fründinnen inladen, kann mit se up't Land fahr'n, wenn se will, un se schall sik dat man guut

---

[1] grimmig = hässlich (dän. grim)

gahn laten. Un he gifft ehr de Sloeteln för de beide grote Möbellagers, de för dat gollne un sülverne Geschirr, wat ja nich för däglich is, un de för sin Geldschappen, 'nem sin Gold un Sülver in is. Se kriggt uck de Sloeteln för de Schatullen, 'nem sin Eddelsteens in sünd, un de Sloeteln vör all de Stuven. Un denn is dar noch een lütte Sloetel, de is för de Kamer an't Enne vun'e Saal nedden in't Huus. Oeverall dörv se ringahn, seggt he, allens dörv se upsluten. Man de dare lütte Kamer, dar hett se afsluut nix in verlaren, seggt he, dar dörv se up gar keen Fall ringahn. Wenn se dar doch ringeiht, denn ward he so füünsch, seggt he, denn gifft dat nix, 'nem he nich kumpabel to is.

Se seggt em to, se will sik dar nipp un nau an holen, wat he ehr seggt hett, un denn stiggt he in sin Kutsch un reist af.

De Naverschen un de Fründinnen luern gar nich eerst af, bet se inladen warrn un besöken de junge Fruu, so wild sünd se darna un seh'n all de rieke Kraam in ehr Huus. So lang' as de Mann dar weer, hebben se sik ja nich hentruut, se sünd so bang' vör sin blaue Baart. Nu kamen se foorts an un lopen dör all de Stuven un Kamern un Kleederschappen, een smucker un rieker as de anner. Denn gahn se rup in'e Möbellagers un wunnerwarken, wo vel un wo smucke Teppichen un Betten, Sofas, Schappen, lütte un grote Dischen dar sünd; un de Speegels, 'nem een sik vun Kopp bet Foot in bekieken kann, mit Rahmens ut Glas, Sülver un vergold'te Sülver sünd so smuck, as se dat noch nich sehn hebben. Se holen gar nich up un swögen vun dat Glück vun se's Fründin, wat se ehr nich recht günnen sünd. Man ehr liggt dar gar nix an un kieken up all de dare Kraam, se jiepert blots darna un maken de lütte Kamer nedden in't Huus up.

De Nieschier drifft ehr so dull, liekers sik dat ja nich hört un gahn weg vun'e Besöök, löppt se en lütte heemliche Trepp dal, un dat so gau, se meent en paarmal al, se brickt sik noch dat Gnick. As se denn vör de Kamer kümmt, blifft se eerst en Stoot stahn un denkt dar an, ehr Mann hett ehr ja verbaden un gahn dar rin, un dat kunn ja Mallöör geven, wenn se sik dar nich an holen deit. Man dat treckt ehr so dull, se kümmt dar nich gegenan. Un do nimmt se de lütte Sloetel, un mit bevern Hänne maakt se de Kamerdör up.

Eerst süht se gar nix, denn de Finstern sünd dicht-hungen. Na en paar Ogenblicken ward se denn bi lütten wies, de Del is ganz un gar mit dicke Bloot oevertrocken, un in dat dare Bloot liggen an'e Wand lang de Lieken vun en paar Fruunslüüd. Dat sünd de Fruuns, de Blaubaart heiraadt un een na de anner afmurkst hett. Se denkt, se starvt för Angst, un de Sloetel to de Kamer – de hett se ut't Slott trocken –, de glitt ehr ut'e bevern Fingern.

As se ehr Klook en lütte beten wedderfunnen hett, kriggt se de Sloetel up, slütt de Dör wedder to un geiht in ehr Stuuv, dat se sik en beten verhalen will. Man dar ward nix vun, so upregt, as se is.

Denn süht se, dar is Bloot ankamen an'e Sloetel to de Kamer, un se wischt 'n twee-, dreemal af. Man dat Bloot geiht nich af, se kann waschen un rubbeln mit Seep un mit Schüersand, dar blifft ümmer noch Bloot an. Denn de Sloetel, dat is en Töverslötel, de is nich un kriegen ganz un gar rein: Hett een dat Bloot up'e eene Siet af, denn so kümmt dat up de anner Siet wedder.

Blaubaart kümmt al desülve Avend t'rügg vun sin Reis. He seggt, he hett ünnerwegens Breeven kregen, dar hett in stahn, sin Saak is al to sin Gunsten afslaten. Sin Fruu is bannig benaut, man se deit so, as wenn se sik dar oever freut, dat he so gau wedder dar is.

De neegste Morrn will he denn sin Sloeteln wedder hebben. Se gifft se em, man ehr Hand bevert so dull, do kann he sik licht tosamenriemeln, wat dar los is. Woso de lütte Sloetel to de Kamer nich bi de annern is, fraagt he. O, seggt se, de hett se sachs baven up ehr Disch liggen laten. Denn schall se em de man naher foorts geven, seggt Blaubaart.

En paamal schüfft se dat noch rut, man denn mutt se doch bi un halen de Sloetel. Blaubaart kickt 'n an un fraagt, warum dar Bloot an is. Dar weet se nix vun, seggt de stackels Fruu, man se is blasser as de Doot. Och nee, dar weet se nix vun, seggt Blaubaart; man he, he weet dat so vel beter. Se hett in de dare Kamer rin wullt. Fein, seggt he, nu schall se dar uck rin un ehr Platz finnen blangen de Damen, de se dar ja all sehn hett.

Do smitt se sik ehr Mann to Föten un blarrt, he schall ehr doch man vergeven, un dat lett, as deit ehr dat würklich leed, dat se nich na em hört hett. Se harr woll en Steen mör maken kunnt, so as se tokehr geiht; man Blaubaart sin Hart is noch harter as Steen. Se schall doot, seggt he, un dat nu foorts. Wenn se denn afsluut doot schall, seggt se un kickt em mit verweente Ogen an, denn so schall he ehr doch tominnst en beten Tied geven, dat se noch beden kann. Is guut, seggt Blaubaart, en Viddel-stunn gifft he ehr, man keen Spier länger.

As se alleen is, röppt se na ehr Süster un seggt: „Anna," – so heet ehr Süster – „Anna, stieg gau rup na de Toorn un kiek, um unse Bröder noch nich kamen. Se hebben mi toseggt, se wullen mi vundaag besöken. Un wenn du se sühst, giff se en Teeken, dat se sik ielen schoe'n." Anna stiggt rup up'e Toorn, un de stackels Fruu röppt ümmer wedder na ehr: „Anna, min leeve Süster Anna, sühst du noch nix kamen?" Un ehr Süster röppt t'rügg: „Ik seh blots de flimmern Sünn un dat gröne Gras."

Wieldes hett Blaubaart sik en grote Mess herkregen un röppt so luut, as he kann, na sin Fruu: „Kumm foorts dal, oder ik kaam rup!" – „Ogenblick noch!" röppt se trügg, un denn liesen na ehr Süster: „Anna, min leeve Süster Anna, sühst du noch nix kamen?" Un ehr Süster röppt t'rügg: „Ik seh blots de flimmern Sünn un dat gröne Gras."

„Nu kumm al dal!" röppt Blaubaart, „oder ik kaam rup!" – „Ik kaam ja al", röppt sin Fruu t'rügg, un denn: „Anna, min leeve Süster Anna, sühst du noch nix kamen?" – „Doch", seggt Anna, „ik seh en grote Stoffwulk kamen." – „Sünd dat unse Bröder?" – „Och nee, Süster, dat is man en Flock Schaap."

„Wullt du nu ennelk dalkamen?" bölkt Blaubaart. – „Ogenlick noch", röppt sin Fruu t'rügg; un denn: „Anna, min leeve Süster Anna, sühst du noch nix kamen?" – „Ja", seggt se, „ik seh twee Herren an-kamen, man se sünd noch recht wied weg … Gott-loff", röppt se en Ogenblick later, „dat sünd unse Bröder. Ik wink se to, so dull as ik kann, dat se sik ielen schoe'n."

Nu ward Blaubaart bölken, dat dat heele Huus bevert. De stackels Fruu geiht na nedden un will sik em to Föten smieten, heel verweent un vertußelt. „Dat helpt di gar nix", seggt Blaubaart, „du scha'st doot." He kriggt ehr mit een Hand bi de Haar, mit de anner böhrt he dat Mess tohööcht un will ehr de Kopp afhau'n. De stackels Fruu dreiht sik na em um, kickt em mit matte Ogen an un seggt, he schall ehr doch noch en lütte Ogenblick geven, dat se sik sammeln kann. Nee, nee, seggt he, se schall sik man Gott befehlen. He böhrt sin Arm tohööcht …

Do ballert dat so dull an'e Dör, dat Blaubaart boots de Arm wedder sacken lett. De Dör flüggt up, un foorts kamen dar twee Herren rin, dat Swert in'e Hand, un denn liek up Blaubaart dal. He süht foorts, dat sünd sin Fruu ehr Bröder, de eene is Dragoner, de anner Footsuldaat, un do will he gau utnieh'n. Man de beide Bröder lopen em achterna un kriegen em faat, noch ehrer he na de Butertrepp kümmt. Se jagen em se's Swerter dör't Liev, un do is he doot.

De stackels Fruu is meist jüst so doot as ehr Mann, se hett nich mal Knoev nugg un stahn up un begröten ehr Bröder.

Dat wiest sik, dat Blaubaart keen Arven hett, un sodennig hört sin ganze Kraam nu sin Fruu to. En Deel darvun bruukt se för un verheiraden ehr Süster mit en Eddelmann, en anner Deel för un kopen ehr Bröder Postens as Hauptlüüd, un de Rest för un verheiraden sik sülven mit en ornliche Mann. Un de hett ehr denn bald de leege Tied mit Blaubaart vergeten laten.

De Fischkönigin

Dar is mal en Fischer we'n. Mal is he bi to fischen, do fangt he de Fischkönigin. „Smiet mi wedder t'rügg in't Water", seggt se, „un du fangst en Barg anner Fisch." Do smitt he ehr t'rügg in't Water un fangt würklich en grote Barg Fisch, un do hett de Dag sik richtig lohnt.

As he na Huus kümmt, vertellt he sin Fruu, he hett de Fischkönigin fungen, de hett em toseggt, he schull en Barg Fisch fangen, wenn he ehr lopen leet. Do hett he ehr wedder in't Water smeten, seggt he, un he hett uck würklich en Masse fungen.

„Wat büst du doch för'n Torfkopp!" seggt sin Fruu. „De harr ik geern upeten. De harrst du mi bringen schullt."

As de Fischer wedder an't Water geiht, fangt he wedder de Fischkönigin. „Laat mi gahn, Fischer", seggt se, „un du fangst en Masse anner Fisch." He smitt ehr wedder in't Water, un as he wedder na Huus geiht, hett he en gude Fischtogg maakt.

„Bringst du mi nich de Fischkönigin?" fraagt sin Oolsch. „Anner Mal gah ik mit di, un denn fang ik ehr sülven." – „Wenn ik ehr nochmal fang", seggt de Fischer, „denn kriggst du ehr."

He smitt sin Nett nochmal ut un fangt würklich wedder de Fischkönigin.

„Laat mi lopen", seggt se, „un du fangst en Masse anner Fisch." – „Nee", seggt he, „dat geiht nich, min Fruu will di upeten." – „Na, denn", seggt se, „denn mag dat na din Willen gahn. Man wenn I mi upeten hebben, legg vun min Gradens wecken ünner din

24

Tiff, wecken legg ünner din Toet, un legg uck wecken ünner de Rosenbusch in'e Gaarn."

De Fischer deit, wat de Fischkönigin em heeten hett. Un as he de neegste Morrn in'e Gaarn kümmt, do finnt he bi de Rosenbusch dree Jungs, de sünd al utwussen. Bi de Tiff finnt he dree Hünne, un dree Fahlen bi de Toet. Un wenn een vun de Jungs mal wat mallöört, denn so fallt dar en Roos vun af vun de dare Rosenbusch.

Mal nimmt de Öllste de dree Hünne mit un glitt sik af. He kümmt na en Dörp, dar sünd all de Lüüd an't Blarrn. Do fraagt he, wat dar denn los is. Ja, seggen se, de König sin Dochter, de schall upfreten warrn vun en Undeert, dat hett soeven Köppe. Do lett de Jung sik de Stä' wiesen, 'nem se de Prinzessin henbröcht hebben. Un do finnt he ehr blangen en Born, dar sitt se un blarrt. Wat se denn hett, fraagt he ehr. Och, seggt se, se schall upfreten warrn vun en Beest mit soeven Köppe. Un wenn he ehr nu retten deit? fraagt he. Um sik sülven is he nich bang', seggt he, he hett ja keen Seel, de he wahren mutt.

Nich lang', do kümmt dat Beest mit de soeven Köppe an. De Jung hett ja sin dree Hünne mit, un do hisst he de eerste, de heet Windbreker, de hisst he up dat Undeert. Se hau'n sik en lange Tied, man toletzt bitt Windbreker dat Beest dree Köppe af. „Ik gah eerstmal", seggt dat Undeert, „man morrn kaam ik wedder."

De neegste Dag geiht de Jung wedder hen na de dare Born.

„O", seggt dat Beest, as dat ankümmt, „he is noch dar!" De Jung hisst sin tweete Hund up dat Undeert, de heet Iesenbreker, un de bitt et nochmal dree Köppe af. „Laat uns dat man up morrn verschuven", seggt dat Undeert.

De neegste Dag hisst de Jung sin drütte Hund up dat Beest, Breker. De hett nich so vel Knoev as de anner beiden, man dar is ja uck man noch een Kopp na, un de bitt 'n af.

Do is dat Beest doot, un do seggt de Prinzessin, de Jung schall mit ehr na ehr Vadder, de König, kamen. Man dat will he nich, he geiht wedder na Huus.

Do lett de König uttrummeln, de de Prinzessin rett't hett, de schall sik up't Slott mellen mit de soeven Köppe vun dat Undeert. De jüngste vun de dree Bröder harr de dare Köppe to un to geern hatt; man de Öllste verstickt se un maakt wecken na ut Holt. De nimmt de Jüngste un geiht dar na de König mit. Man de süht ja foorts, dat sünd nich de richtige Köppe, un do ward he splitterndull. He lett de Jung in't Kaschott smieten un seggt, de neegste Dag schall he uphängt warrn.

Wieldes geiht de tweete Broder en bet' in'e Gaarn spazeer'n. Do süht he, dar is een Roos affullen vun'e Rosenbusch. O, denkt he, denn is sin Broder ja wat mallöört. Un he geiht foorts hen na de König. „Wat wullt du denn hier?" fraagt de König. – „Ik bün kamen, ik will min Broder hier ruthalen", seggt he. Do gifft de König Order, he schall sülven uck insparrt un de neegste Dag mit uphängt warrn.

Do fallt dar noch en Roos af vun'e Rosenbusch. „O-ha", denkt de Öllste, „min beide Bröder mutt wat tostött we'n." He nimmt de soeven Köppe un de soeven Tungen vun dat Undeert un geiht na't Slott.

„Wat wullt du denn hier?" fraagt de König. – „Ik bün kamen, ik will min Bröder hier ruthalen", seggt he. „Un hier sünd de soeven Köppe un de soeven Tungen vun dat Beest." – „Is guut", seggt de König, um dinetwillen laat ik se lopen, un du heiraad'st min Dochter."

Do heiraad't de Jung denn de Prinzessin, un sin Bröder heiraden twee Hoffdamen. De Öllern warrn uck nich vergeten, un all sünd se glücklich.

De smucke un de grimmige Deern

Dar is mal en Mann we'n un en Fruu, de hebben en smucke Dochter hatt, bannig smuck. Man denn is de Fruu dootbleven, un de Mann hett sik en anner Fruu wedder nahmen, un de hett en ganz grimmige Deern kregen, morsgrimmig.

As de beide Deerns al wat grötter sünd, seggt de Steefmudder – de kann de smucke Deern nich ut-stahn un verhaut ehr woll twintigmal up'e Dag –, de seggt to ehr Mann: „Huul af mit din Dochter un seh to, dat se in't Holt verbiestert, dat wi ehr los sünd."

De Mann deit de smucke Deern ja leed, man he is bang' vör sin Oolsch, un he seggt: „Fruu, ik will doon, wat du verlangst."

Man de smucke Deern hett achter de Dör stahn un hett allens mit anhört. Do löppt se na ehr Vadder-sche un vertellt ehr dat.

„Min Deern", seggt de Vaddersche, „maak du din Taschen man vull mit Asch, un denn streu de ut up din Weg. Sodennig kannst du wedder na Huus fin-nen."

De Deern rönnt na Huus un maakt ehr Taschen vull mit Asch. Knapp is se dar ferdig mit, do seggt ehr Vadder: „Kumm, min lütte Stackel, wi woe'n to Holts un söken Schampinjungs."

Do gahn de beiden denn to Holts. Man de Vadder steiht dar gar nich de Sinn na un söken Schampin-jungs. Bi't Gahn streut de smucke Deern de Asch ut ehr Taschen up'e Weg, so as ehr Vaddersche ehr dat raden hett. Toletzt verkrüppt de Vadder sik heemlich in en dichte Kratt un lett de Deern alleen. As dat Nacht ward, kümmt he denn wedder na Huus.

„Na", seggt sin Oolsch, „büst du de Deern los wurrn?"

„Bün ik."

„Na denn, Mann, för din Möögde kannst du en Teller Bookweetengrütt mit uns eten."

As he sin Grütt itt, ward de Mann an'e smucke Deern denken, de he ganz alleen in't Holt laten hett, un do seggt he: „Och, wenn de lütte Stackel doch hier weer, denn kunn se uck ehr Teller Grütt eten."

„Ik bün hier, Vadder", seggt de Deern. Se hett an Hand vun'e Asch ehr Weg na Huus funnen un hett nu achter de Dör stahn un hett dat hört.

De Vadder freut sik, dat sin Deern wedder dar is un ehr Patschoon Grütt mit gude Aptit vertehrt. Man as se mit ehr Süster to Bett gahn is, seggt de Steefmudder to ehr Mann: „Du büst en Torfkopp. Du hest din Deern nich wied nugg wegbröcht. Bring ehr morrn wedder in't Holt un seh to, dat se nich wedderkümmt."

De smucke Deern deit de Mann ja leed. Man he is bang' vör sin Oolsch un seggt: „Fruu, ik will doon, wat du verlangst."

Man de smucke Deern is wedder upstahn, hett achter de Dör stahn un allens mit anhört. Foorts löppt se hen na ehr Vaddersche un vertellt ehr dat.

„Min Deern", seggt de Vaddersche, „maak du din Taschen man vull mit Liensaat un streu de ut up din Weg. Sodennig kannst du wedder na Huus finnen."

De Deern rönnt na Huus un maakt ehr Taschen vull mit Liensaat un geiht wedder to Bett.

De neegste Morrn kümmt ehr Vadder in'e Kamer un seggt: „Kumm, min lütte Stackel, wi woe'n to Holts un söken Schampinjungs."

Do gahn de beiden denn to Holts. Man de Vadder steiht dar gar nich de Sinn na un söken Schampinjungs. Bi't Gahn streut de smucke Deern de Liensaat ut ehr Taschen up'e Weg, so as ehr Vaddersche ehr dat raden hett. Toletzt verkrüppt de Vadder sik heemlich in en dichte Kratt un lett de Deern alleen. As dat Nacht ward, kümmt he denn wedder na Huus.

„Na", seggt sin Oolsch, „büst du de Deern los wurrn?"

„Bün ik."

„Na denn, Mann, för din Möögde kannst du en Teller Bookweetengrütt mit uns eten."

As he sin Grütt itt, ward de Mann an'e smucke Deern denken, de he ganz alleen in't Holt laten hett, un do seggt he: „Och, wenn de lütte Stackel doch hier weer, denn kunn se uck ehr Teller Grütt eten."

„Ik bün hier, Vadder", seggt de Deern. Se hett an Hand vun de Liensaat ehr Weg na Huus funnen un hett nu achter de Dör stahn un hett dat hört.

De Vadder freut sik, dat sin Deern wedder dar is un ehr Patschoon Grütt mit gude Aptit vertehrt. Man as se mit ehr Süster to Bett gahn is, seggt de Steefmudder to ehr Mann: „Du büst en Torfkopp. Du hest din Deern nich wied nugg wegbröcht. Bring ehr morrn wedder in't Holt un seh to, dat se nich wedderkümmt."

De smucke Deern deit de Mann ja leed. Man he is bang' vör sin Oolsch un seggt: „Fruu, ik will doon, wat du verlangst."

Man de smucke Deern is wedder upstahn, hett achter de Dör stahn un allens mit anhört. Foorts löppt se na ehr Vaddersche un vertellt ehr dat.

„Min Deern", seggt de Vaddersche, „maak du din Taschen man vull mit Weetenkoorns un streu de ut up din Weg. Sodennig kannst du wedder na Huus finnen."

De Deern rönnt na Huus un maakt ehr Taschen vull mit Weetenkoorns un geiht wedder to Bett.

De neegste Morrn kümmt ehr Vadder in'e Kamer un seggt: „Kumm, min lütte Stackel, wi woe'n to Holts un söken Schampinjungs."

Do gahn de beiden denn to Holts. Man de Vadder steiht dar gar nich de Sinn na un söken Schampinjungs. Bi't Gahn streut de smucke Deern de Weeten ut ehr Taschen up'e Weg, so as ehr Vaddersche ehr dat raden hett. Toletzt verkrüppt de Vadder sik heemlich in en dichte Kratt un lett de Deern alleen. As dat Nacht ward, kümmt he denn wedder na Huus.

Man as de Deern de Weg na Huus finnen will an Hand vun'e Weeten, do hebben de Heisters dat allens upfreten.

Do geiht de lütte Stackel lang', lang', bannig lang' dör dat Holt un kümmt toletzt an en Slott, dat is so groot as ganz Sleswig.

„Bumm, bumm!"

„Wokeen kloppt dar?"

„En arme Deern, de verbiestert is un geern wat to eten hebben will un en Bett för de Nacht."

De Fruu vun't Slott schickt de smucke Deern in'e Koek, dat se dar mit de Deensten wat eten schall, un gifft Order, se schoe'n ehr en gude Bett geven. De neegste Morrn lett se de Deern na ehr Kamer kamen un maakt de Dör up vun en Schapp, dat hängt vull vun Kleeder.

„So, smucke Deern, nu treck man din Plünnen ut un söök di wat ornliche Tüüg ut."

De smucke Deern söcht sik dat grimmigste Kleed ut. Do mutt se dat smuckste Kleed nehmen un dat uck foorts antrecken. Denn maakt de Fruu en grote Kist up, de is vull vun Gold-, Sülver- un Koppergeld un vun allerhand Goldsaken un Eddelsteens.

„Smucke Deern, nimm di ut düsse Kist, wat du wullt."

De smucke Deern nimmt sik blots twee Gröschens un en kopperne Ring. Do gifft de Fruu ehr en Barg Goldstücken un Ringen, Keden un Ohrringen vun Gold un geiht mit ehr na de Perdestall.

„Smucke Deern, söök di een vun de Deerten ut, mit Toom un Sadel."

Man de smucke Deern nimmt blots en Esel, en Kopp-stück vun Tau un en versletene Dek. Do mutt se dat smuckste Perd nehmen, de smuckste Toom un de smuckste Sadel.

„Un nu", seggt de Fruu, „sett di up din Perd un rie' t'rügg na Huus. Dreih di nich um na't Slott, ehrer du dar achtern, dar ganz achtern büst, baven up de dare Barg. Denn böhr de Kopp tohööcht un luer af."

De smucke Deern bedankt sik velmals bi de Fruu vun't Slott, stiggt up't Perd un ritt afste' na Huus. Umdreih'n deit se sik gar nich. As se baven up'e Barg is, böhrt se de Kopp töhööcht un luert. Do fallen dar dree Steerns vun'e Heven dal. Twee setten sik up ehr Kopp un een up ehr Kinn.

As se wiederrieden deit, bemött se en junge Mann, de kümmt vun'e Jagd up sin grote Perd mit negen Jagdhünne achter sik: dree swatt as Koehl, dree root as Füer un dree witt as dat fienste Linnen. As he de smucke Riedersche wies ward, nimmt he rein de Hoot af vör ehr.

„Leeve Daam, ik bün de König vun Engelland sin Soehn. Ik heff mi nu soeven Jahr in'e Welt rumdreven, un ik bün nie nich en Keerl bemött mit sovel Knoev un sovel Kraasch as ik. Wenn't recht is, will ik mit Ju rieden un Ju gegen leege Lüüd verdeffendeern."

„Velen Dank, König vun Engelland sin Soehn. Ik kann fein alleen na Huus finnen. Man ik truu mi dar nich hen, ik bün bang' för min Steefmudder, de kann mi nich utstahn wegen ehr Dochter, de is morsgrimmig. Dreemal hett se al min Vadder darto bröcht un laten mi alleen in't Holt torügg."

Do ward de König vun Engelland sin Soehn splitterndull. He treckt sin Swert un fleutet na sin Jagdhünne.

„Leeve Daam, wies mi de Weg na Jues Huus. Ik will Jues Vadder, Jues Steefmudder un Jues Süster vun min Hünne upfreten laten."

„König vun Engelland sin Soehn, wat I mit Jues Hünne maken, is Jues Saak, man *dat* schoe'n I nich doon. So Gott will, schall dar nich seggt warrn, dat min Vadder, min Steefmudder un min Süster uck blots dat minnste Leege passert wegen mi."

Man dar will de König vun Engelland sin Soehn nix vun hör'n. He bölkt as unklook: „Na, denn segg ik min Richter Bescheed, he schall se to'n Dood verordeelen. Ik betahl em ja, denn schall he uck mal sin Geld verdeenen."

„König vun Engelland sin Soehn, wat I mit Jues Richter maken, is Jues Saak, man *dat* schoe'n I nich doon. So Gott will, schall dar nich seggt warrn, dat min Vadder, min Steefmudder un min Süster uck blots dat minnste Leege passert wegen mi."

„Na guut, man wenn ik se vergeven schall, denn moeten I min Fruu warrn."

„König vun Engelland sin Soehn, ik warr Jues Fruu, wenn I se vergeven woe'n."

Do heiraad't de König vun Engelland sin Soehn de smucke Deern, un se is bannig glücklich mit em un ward de vörnehmste Daam in't Land.

Kort na de Hochtied kriggt de morsgrimmige Süster to weeten, wat passeert is. Do seggt se: „Ik will uck to Holts gahn, un denn ward mi dat jüst so gahn."

Do geiht se denn to Holts un geiht lang', lang', bannig lang'. Toletzt kümmt se an't Door vun dat Slott so groot as de Stadt Sleswig.

„Bumm, bumm!"

„Wokeen kloppt dar?"

„En arme Deern, de verbiestert is un geern wat to eten hebben will un en Bett för de Nacht."

De Fruu vun't Slott schickt de morsgrimmige Deern in'e Koek, dat se dar mit de Deensten wat eten schall, un gifft Order, se schoe'n ehr en gude Bett geven. De neegste Morrn lett se de Deern na ehr Kamer kamen un maakt de Dör up vun en Schapp, dat hängt vull vun Kleeder.

„So, min Deern, nu treck man din Plünnen ut un söök di wat ornliche Tüüg ut."

De morsgrimmige Deern söcht sik dat smuckste Kleed ut. Do mutt se dat plünnigste un schietigste Kleed nehmen un dat uck foorts antrecken. Denn maakt de Fruu en grote Kist up, de is vull vun Gold-, Sülver- un Koppergeld un vun allerhand Goldsaken un Eddelsteens.

„Min Deern, nimm di ut düsse Kist, wat du wullt."

De morsgrimmige Deern nimmt sik hunnert Gold-stücken un hunnert gollne Ringen. Do gifft de Fruu ehr twee Gröschens un en Ring vun Kopper. Denn geiht se mit ehr na de Perdestall.

„Min Deern, söök di een vun de Deerten ut, mit Toom un Sadel."

De morsgrimmige Deern nimmt dat smuckste Perd, de smuckste Toom un de smuckste Sadel. Do mutt se en Esel nehmen, en Koppstück vun Tau un en ver-sletene Dek.

„Un nu", seggt de Fruu, „sett di up din Esel un rie' t'rügg na Huus. Dreih di nich um na't Slott, ehrer du dar achtern, dar ganz achtern büst, baven up de dare Barg. Denn böhr de Kopp tohööcht un luer af."

De morsgrimmige Deern denkt gar nich an un bedanken sik bi de Fruu vun't Slott. Se stiggt up ehr Esel un ritt afste' na Huus. Man se dreiht sik um na't Slott, ehrer se baven is up'e Barg, böhrt de Kopp töhööcht un luert. Do fallen dar dree Kohklacken dal up ehr, twee up ehr Kopp un een up ehr Kinn.

As se wiederrieden deit, bemött se en ole Keerl, schietig as en Sottje un sprüttenduun.

„Min Deern", seggt he, „mi dücht, du büst as maakt för mi. Du musst min Fruu warrn. Wenn du nich wullt, bring ik di um'e Eck."

Do mutt de morsgrimmige Deern mit de dare Suupbütt na sin Huus un mutt „Ja" seggen to de Hochtied. Vun do an süppt ehr Mann wieder as en Lock un verhaut sin Fruu woll twintigmal up'e Dag.

De lütte König Hanni

Dar is fröher mal en König we'n un en Königin, de hebben dree Jungs hatt. De öllste hett Hubert heeten, de tweete Puck, un de drütte – dat is de nettste un fründlichste vun se we'n –, de hebben se de lütte König Hanni nöömt.

As se nu groot sünd un alleen dör de Welt lopen koenen, laten se's Öllern se na sik henkamen, un de König seggt to se:

„I sünd nu oold nugg, dat I jues Plie un jues Kraasch wiesen. Morrn gahn I all dree up'e Reis för un halen de witte Amsel, de de ole Lüüd wedder föftein Jahr oold warrn lett, un de Smucke mit de Goldhaar. De dat klaar kriggt un bringen mi dat beides her, de kriggt unse Königriek."

De neegste Morrn maken de König sin Soehns sik denn up'e Weg, fein utstaffeert un mit dat nödige Geld, wat se för se's Reis bruken, denn de ward sachs lang. Se hebben Bescheed kregen, se moeten na Oosten to gahn för un kamen dar hen, 'nem se hen woe'n, un do kamen se an en Krüüzweg, 'nem dree Straten vun afgahn. Een is breet un geiht liekut, schön glatt un mit feine Böme an beide Sieden; de söcht Hubert sik ut. Puck nimmt en anner een, de an dichtesten bi de is, de sin öllere Broder sik utsöcht hett. Denn fragen se se's Broder, wat he denn för'n Weg nehmen will. Na ja, seggt he, de, de se em nalaten hebben, denn se hebben ja beid al de nahmen, de se an besten dücht.

Do gahn se denn ut'neen, un as se en paar Daag marscheert sünd, do kamen de beide Öllsten an en Stä', 'nem de beide Straten wedder tosamen lopen, un do reisen se mit'nanner wieder. Un allerwegens fragen se, um se noch wied weg sünd vun de Stä', 'nem de witte Amsel un de Smucke mit'e Goldhaar to finnen sünd. En Barg Lüüd warrn lachen, as se dat hör'n, un annern seggen, se hebben al allerhand Lüüd vörbikamen sehn, de dar uck hebben up los wullt, man dar is noch keeneen vun wedderkamen.

De Weg, 'nem de lütte König Hanni sik up inlaten hett, is huppelig un vull vun Muddlöcker, un dat is en böse Mars un marscheern dar. Man he lett sik dat gar nich ankamen, un nich lang', do kümmt he na en Dörp, 'nem wecke Strohdackhüser rund um en lütte Kirch buut sünd. An'e Poort na de Kirchhoff ward he en Liek wies, de liggt dar an'e Grund un is man blots inwickelt in en ole, upsletene Bettlaken.

He geiht bi 'n dal up'e Kneen un sprickt en korte Gebett. Dar sitten wecke Lüüd vör se's Dör un kieken em nieschierig an, un de fraagt he, warum se denn sodennig en Christenminsch liggen laten ahn Graff.

Ja, seggen se, de Dode, dat is en Pracher we'n un hett sik dat nich leisten kunnt un betahlen för sin Gräffnis. Un dat is dar nu mal so, de Preesters leggen de Doden blots denn in'e hillige Grund, wenn dat vörher regelt is, dat se uck kriegen, wat se dar tosteiht för.

„Leeve Lüüd", seggt he, „segg man de Paster Bescheed, he schall kamen un düsse stackels Minsch inkuhlen. Wat dat kost't, betahl ik."

De lütte König Hanni maakt de Fier mit, as sik dat hört, un as de letzte Schüffel Eerde up'e Dode smeten is, maakt he sik wedder up'e Padd.

He kümmt an en Krüüzweg, dar steiht en Steen-
krüüz, un do süht he en lütte Voss, de sitt dar an'e
Grund un lett sik gar nich stören, as he kümmt, man
de fraagt em: „Wonem scha'st du denn up dal, min
Fründ?"

„Och, dat weet ik gar nich recht, min stackels Voss.
Ik bün de König sin Soehn, un up Order vun min
Vadder sünd wi lostrocken, min beide Bröder un ik,
för un söken de witte Amsel, de de ole Lüüd wedder
föftein Jahr oold warrn lett, un de Smucke mit'e
Goldhaar. De dat beides na't Slott bringen kann,
ward König, un du kannst di ja denken, wi woe'n all
dree geern de dare Wunnerdinger kriegen. Man ik
bün bang', ik krieg dat nich t'recht, ik weet ja nich
mal de Weg, de dar hengeiht, 'nem de dare kostbare
Saken to finnen sünd."

„Man *du* scha'st se hebben", seggt de lütte Voss. „Ik
bün de Geist vun de arme Mann, de du hest inkuhl-
len laten, un to Lohn för din mitlieden Hart heff ik
vun unse Herrgott Verlööv kregen un helpen di. Gah
du düsse Weg man wieder, ümmer na de Middags-
sünn to. Man verleer nich de Kraasch, denn de Weg
is lang. De Vagel is dicht bi en Slott in en rummelige
Buur. Nimm 'n man driest weg, man wahr di un set-
ten 'n in en feine Buur, de finnst du dar blangenan.
Denn wenn du dat deist, freut de witte Amsel sik
sodennig oever de Wessel, dat 'n luut fleuten ward
för Vergnögen, un denn kamen de Lüüd vun't Slott
ganz fix an un setten di in't Kaschott. Wenn du dat
klaar hest, vertell ik di denn, wodennig du di hebben
musst för un kriegen de Smucke mit'e Goldhaar."

Denn is de Voss mitmal weg, un de lütte König Han-
ni maakt sik wedder up'e Padd. He stevelt bi Dag un

bi Nacht, un toletzt kümmt he na en Slott, dat dücht em noch grötter un smucker as sin Vadder sin. Rundum is en Gaarn mit Böme, as Hanni se noch nie nich sehn hett. As he dar so rumgeiht, ward he de witte Amsel wies, de sitt dar in en ganz schetterige lütte Buur, so groff tohopenklütert, as de Kinner up't Land dat doon, wenn se lütte Vageln groottrecken woe'n. Do nimmt he de Vagel un sett 'n in en grote gollne Buur, dat steiht dar blangenbi. Foorts ward de Amsel singen, dat 'n ehr Freud doch wiesen will. Un do kamen dar en Barg Lüüd ut't Slott rut un kriegen Hanni ja faat.

Se smieten em in en Kaschott ut grote Steenblöcke mit en dicke eeken Dör vör. Licht kümmt dar blots rin dör en ganz smalle Kellerfinster mit gewaltige Iesentrallen vör. Man de lütte Voss kümmt em to Hülp. Eerst schimpt 'n Hanni mal düchtig ut, dat he nich up 'n hört hett, man denn seggt 'n, he schall man mit 'n kamen, un do geiht de sware Dör ganz vun alleen up vör 'n. Hanni kann rutgahn ut't Slott, ahn dat de Wachen dat wies warrn, un de Voss geiht mit em hen, 'nem de witte Amsel nu in ehr smucke Buur sitten deit.

As Hanni de faat hett, seggt de Voss to em: „Du geihst nu düsse Weg wieder, bet du an en verlatene Kirchhoff kümmst. Dar warrst du en Dodenkopp wies, de nimmst du mit, dat du 'n de Lööw mang de Krallen leggen kannst, de up de Smucke mit'e Gold-haar wahren deit. Man pass up un do dat jüst in de Ogenblick, wenn 'n inslapen is, denn wenn 'n waak is un di wies ward, denn verbrennt 'n di: Sin Muul spiggt Füer soeven Mielen wied, dat vertehrt allens. De witte Amsel ward di de Weg wiesen, de du gahn musst, dat du dar henkümmst, 'nem de Smucke mit'e Goldhaar fastholen ward."

De lütte König Hanni mutt noch lang' gahn, bet he na de dare Kirchhof kümmt, 'nem he denn de Doden-kopp mitnimmt. Denn wiest de witte Amsel em de Weg, de he gahn mutt, un wenn ehr Herr nich mehr kann, fleutet 'n em smucke Leeder vör, un denn ver-gitt he, wo möö' as he is.

He kümmt dör en Holt, dar stahn de Böme so dicht un eng bi'nanner, dat dar keen Sünnenstrahl dör-kümmt, un as he dar dörch is, ward he en grote Slott wies. All de Dören sünd apen un dar is keeneen to seh'n, de Wach holen deit. Vörsichtig un up blote Fööt, dat he uck jo keen Larm maakt, geiht he dör en lange Reeg vun Stuven, un an't Enne süht he de Lööw, de de Smucke mit'e Goldhaar wahren deit. Wenn dat Undeert dücht, dat mutt mal slapen, denn nimmt et de Deern ehr Kopp mang sin gewaltige Poten, denn dat is bang', dar kunn een kamen un ehr weghalen, wieldes et slöppt.

As Hanni binnen is in't Slott, kriggt de Lööw jüst dat Geföhl, dat 'n bald inslöppt, un do nimmt 'n de Smu-cke mit'e Goldhaar mang sin Krallen un hujahnt un maakt dar de Ogen al halv to bi. Do singt de Amsel so'n söte Melodie, dat de Lööw foorts ganz inslapen deit. Do wiest Hanni sik un leggt en Finger up'e Lip-pen as Teeken, de Deern schall jo still swiegen. Denn geiht he up Tehnspitzen hen, nimmt ganz sachten de Smucke mit'e Goldhaar ehr Kopp mang de Lööw sin Poten rut un leggt dar de Dodenkopp för hen, de he vun'e Kirchhoff haalt hett.

Denn geiht de Smucke mit'e Goldhaar stillswiegens mit em mit, un he ielt sik, dat se ut dat Slott rutkamen, ehrer de Lööw waak ward.

De lütte König Hanni freut sik düchtig un marscheert munter afste' för un kamen t'rügg na sin Vadder un Mudder mit de dare beide Wunnerdinger, de he wunnen hett. Na en paar Daag up'e Straat un nich wied vun de Stä', 'nem he de witte Amsel funnen hett, bemött he sin beide Bröder. Un de koenen ja seh'n, se blifft nix na as kehren um, denn Hanni hett ja al, wat se söken wullen.

Man dat schient, as wenn se dat nich recht passt, dat se's lütte Broder dat klaarkregen hett. Se snacken nich vel mit em, un as se so achter em her tüffeln, kieken se vull Afgunst up de dare kostbare Saken, de he hett.

As se en smalle Stieg lang gahn dicht an en Afgrund, do gifft Hubert sin Broder en düchtige Schubbs, dat de dar dalfallt un de Käfig ut sin Hand loslett. De grippt Puck sik foorts. Denn dwingen se de Smucke mit'e Goldhaar, dat se mit se kümmt, un marscheer'n wieder.

De lütte König Hanni sin Fall ward en beten affungen vun'e Brummelbeern un Hülsendoorns, 'nem he sik in't Fallen in verhaakt hett, un nedden an de Stä', 'nem he henfallt, stahn dichte Büsche, de rieten em woll sin Tüüg twei, man wieder passeert em nix. He kümmt in'e Beens un kickt, um dat moeglich is un kamen dar wedder rup, man dat geiht steil na baven as en Muer, un he is so deep nedden, dat de Böme baven an'e Rand man knapp so groot utsehn as Hülsenbüsche.

As he sik klaarmaakt, in wat för'n gresige Laag he is, sett he sik eerstmal dal up en Steen un ward jammern, wenn he dar an denkt, nu mutt he dootblieven vun Küll un Hunger, wied weg vun sin Vadder un Mudder.

„Och", seggt he, „nu kunn ik guut de Hülp vun min lütte Voss bruken."

Knapp hett he dat seggt, do süht he baven up'e Felsenwand de Voss, un de seggt: „Dar sittst du ja ganz schön in'e Schiet, ool Fründ."

„Och ja, ik sitt in Noot un Elend. Min Bröder hebben mi hier dalsmeten, dat se an de witte Amsel un de Smucke mit'e Goldhaar keemen, un ik weet nich, wodennig ik hier rutkamen schall."

„Maak di man keen Sorgen, min Fründ. Ik bün hier för un helpen di. Ik will min Steert so lang maken, dat 'n bet na di dal langt: Du nimmst 'n faat un treckst di dar an na baven."

As de lütte König Hanni rut is ut'e Afgrund, seggt de Voss: „Un wat nu?"

„Och, ik weet dat nich, ik bruuk nootwennig din Raat."

„Gah du man wedder na din Vadder sin Slott un giff di ut för en Dokter up'e Dörchreis un segg, du wu'st mal seh'n, um dar nich een is, de din Hülp bruken deit. Se warrn di eerstmal nich kennen, so as du nu utseh'n deist, denn de Reis hett di düchtig verännert un bruun maakt. Un wat mi angeiht, min Upgaav is nu to Enne, un du sühst mi nich wedder, denn du büst nu dörch mit de gröttste Gefahren."

Foorts is de lütte Voss weg, un de lütte König Hanni hett nich mal Tied un seggen em velen Dank. De Jung geiht denn wieder. He treckt sik anner Tüüg an, so as sin Raatgever em dat seggt hett, un kümmt na sin Vadder sin Slott. He will mit de Herr vun't Slott snacken, seggt he.

As he vörlaten ward, grööt't he em höflich un seggt, he is en Dokter, un he hett nich an so'n noble Slott vörbitrecken wullt, ahn dat he de Herr sin Deenst anbeeden deit. Vellicht is dar ja een, seggt he, de sin Hülp bruken kann.

He weet nich, seggt de König, um he mehr kann as sin Kollegen. De witte Amsel, de de ole Lüüd wedder föftein Jahr oold warrn lett, un de Smucke mit'e Goldhaar sünd sörre en paar Daag dar. Man se woe'n nich eten un nich drinken un sünd blots ümmer an't Weenen, un de Dokters weeten nich, wat se dar bi maken schoe'n.

Na, seggt Hanni, kann ja we'n un he hett mehr Glück as de annern. Wenn se em de beiden denn mal wiesen woe'n …

De König bringt em hen, 'nem de witte Amsel trurig un mit hängen Flünken in dat smucke Buur sitt. So draa as de Vagel de lütte König Hanni wies ward, roegt 'n de Flünken un röppt: „O, dar is he ja, de mi ut dat leege Buur ruthaalt un in't smucke rinsett hett!" Un foorts fleutet 'n en lustige Melodie, un denn fritt 'n mit grote Aptit dat Fudder wat dar liggen deit.

As de lütte König Hanni in de Kamer rinkümmt, 'nem de Smucke mit'e Goldhaar sitt un weent, wischt se sik de Tranen af un smustert: „Dar is ja min Retter, de mi ut'e Lööw sin Krallen haalt hett!"

Do smitt Hanni sik sin Vadder to Föten, un do ward de em kennen un um'e Hals fallen. Un sin Mudder freut sik uck, denn se hett al meent, ehr Soehn weer doot.

Do kriggt de König denn de Boshaftigkeit vun de beide Öllsten to weeten, de Hanni hebben dootmaken wullt för un kriegen de Wunnerdinger, de he wunnen harr, un denn de Kroon. Un do jaagt he se to'n Düvel.

Denn gifft he sin Königriek an'e lütte König Hanni. De hett denn de Smucke mit'e Goldhaar heiraad't un hett bet an sin Enne glücklich mit ehr levt.

De gollne Knööp

Dar is mal en Fruu we'n, de ehr Mann is Stratenar-
beiter we'n. Mal, as he an'e grote Straat arbeiden
deit, finnt he en Tasch, de is vull mit Goldstücken.
Do geiht he wedder na Huus un seggt to sin Fruu:
„Ik heff en feine Leddertasch funnen mit smucke
Knööp in! Dar kann ik lange Tied min Büx mit knö-
pen."

„Laat mal seh'n!" seggt sin Fruu.

Se maakt de Tasch up, man se is nich so doesig as
ehr Mann, un as se wies ward, wat dar würklich in
is, seggt se foorts to em: „Gah to Bett, du büst
krank."

„Och, wat bün ik woll!"

„Doch, doch, ik kann di dat anseh'n. Een mutt di ja
blots in't Gesicht kieken."

As ehr Mann in't Bett liggt, lett se em an wecke star-
ke Krüder rüken, do slöppt he foorts in. Se leggt em
noch twee Eier in't Bett, un denn geiht se bi un bot-
tert.

To Avend will de Stratenarbeiter upstahn, man sin
Fru stickt de Deken düchtig fast um em, dat he in't
Bett blieven mutt un nich upstahn kann. He süht
ümmer noch krank ut, seggt se.

De neegste Morrn steiht he denn up un seggt: „Ik
gah wedder an min Dagwark; vundaag geiht mi dat
wedder guut."

Bi't Upstahn finnt he denn ja in sin Bett de beide
Eier, de sin Fruu de Dag vörher dar rinleggt hett.

„O!" röppt he, „du hest recht hatt un seggen, ik weer krank: Ik heff twee Eier leggt, kiek, hier sünd se."

De Mann geiht an't Finster un süht, de ganze Hoff vör't Huus is witt. Sin Fruu hett dar de Melk utkippt, de se bottert hett.

„Woso is dat so witt vör't Huus?"

„Och", seggt se, „wieldes du in't Bett legen hest, hett dat Bottermelk regent."

De Mann nimmt denn sin Geschirr un geiht wedder an sin Arbeit an'e Straat. Knapp is he dar, do kümmt dar en Herr ran na em un fraagt, um he nich de Dag vörher wat funnen hett an de dare Straat."

Ja, seggt he, he hett en Leddertasch funnen vull mit gele Knööp.

„Wies doch mal her", seggt de Herr.

„Denn kumm man mit, de is bi mi to Huus."

As he mit de Herr na Huus kümmt, seggt he to sin Fruu: „Wies mal de Leddertasch, de ik di güstern bröcht heff."

„Du hest mi nix bröcht", seggt se.

„Doch", seggt he, „ik heff di doch so'n lütte Leddertasch geven."

„En Leddertasch? Wat för'n Dag is dat denn we'n?"

„Weetst dat nich mehr? Dat weer de Dag, as ik twee Eier leggt heff un as dat Bottermelk regent hett."

„Dar koenen I dat ja sülven seh'n", seggt de Fruu, „de Keerl is nich richtig klook."

Do meent de Herr, de Stratenarbeiter is tumpig, un de Fruu behollt de Tasch mit dat Geld.

Hannes Grimmbass

Dar is mal en Wittmann we'n mit dree Deerns. Aller-
wegens hebben Lüüd Geld vun em to kriegen hatt,
un he hett nich wusst, wat he maken schall för un
betahlen sin Schulden. Toletzt hett he sik de Düvel
verschreven, un de hett em dat Geld lehnt ünner de
Bedingen, wenn he dat nich to de fastsette Termin
t'rüggbetahlen kann, denn hört he de Düvel to.

As dat denn so wied is und dat Geld is fällig, do hett
he nix un betahlen mit, man dar dücht em uck nix
um un kamen in'e Höll. Do geiht he na de Preester
un vertellt em de heele Saak.

Ja, seggt de Preester, he mutt de Düvel dat Geld al
geven, wat de em lehnt hett, anners ward de em
halen. Man he kennt een, seggt he, de kann em de
Summ lehnen, de he nödig hett: Hannes Grimm-
bass[1]. Na em schall he man hengahn un seggen, he
hett em schickt.

Do geiht de Mann hen na Hannes Grimmbass, un de
is inverstahn un lehnen em dreedusend Daler, 'nem
he de Düvel mit betahlen kann.

Hannes Grimmbass kümmt denn bi de Mann to
Huus un lehrt sin dree Deerns kennen, un de sünd
smuck, fründlich un guut ertrocken. Do kriggt he
Lust un heiraden dar een vun. He hett sik al lang'
verheiraden wullt. Man en Hex hett em verwünscht,
un he is so grimmig, dat langt al un kieken em an för
un warrn schiet to pass. Darför finnt he keen Fruu,
liekers he bannig riek is. Un nu seggt he to de Mann,

---

[1] Grimmbass: hässlicher Mensch (dän. grim = hässlich)

48

he schall em sin dreedusend Daler geven oder een vun sin Deerns to Fruu.

De Mann vertellt sin Deerns, wat Hannes Grimmbass em vörslaan hett, un wenn nich een vun se em heiraden deit, denn mutt se's Vadder sik wedder an'e Düvel verkopen. Man he dücht se so grimmig, se seggen all dree, denn schall he sik man driest an'e Düvel verkopen, so'n eklige Keerl woe'n se nich to Mann hebben.

Man toletzt seggt de Öllste, Ella heet se, de seggt, se will Hannes Grimmbass heiraden, dat ehr Vadder doch nich vun'e Düvel haalt ward. Do verheiraadt se sik, un ehr Mann nimmt ehr mit na sin Huus, dat is bannig smuck, un dat fehlt ehr dar an nix.

Acht Daag na de Hochtied geiht se mal spazeern in ehr Gaarn, do kümmt dar een vun ehr Fründinnen lang un blifft stahn för un snacken mit ehr. Se beduert ehr un fraagt, wodennig se doch hett Hannes Grimmbass heiraden kunnt, de is doch so eklig, dat een schiet to pass warrn kann. Se hett em uck keen Spier leev, seggt Ella; he is ja würklich richtig eklig, un se hett em blots nahmen, dat ehr Vadder sik nich an'e Düvel verkopen mutt. Man ehr Mann, de steiht dar dicht bi, ahn dat se dat wies ward, un he hört ja allens mit, wat se seggt, un do dreiht he ehr in de neegste Nacht dat Gnick um.

De neegste Morrn geiht he na sin Swiegervadder un vertellt em, sin Dochter is nich mehr an't Leven.

„Wat?" seggt he, „min Deern is doot?"

Ja, seggt he, he hett ehr um'e Eck bröcht, wiel dat se em nich leev hatt hett. Nu schall he em en anner een vun sin Deerns geven, oder he mutt em sin Geld t'rüggbetahlen.

As de Mann dar mit sin Deerns oever snackt un heiraden Hannes Grimmbass, do warrn de luut schrien, un se seggen, leever woe'n se seh'n, dat se's Vadder sik an'e Düvel verköfft, as dat se dat so maken as se's Süster. Do röppt de Mann denn de Düvel, un de kümmt uck foorts an. Man as de Deerns de to Gesicht kriegen, do warrn se bang', so gresig bang', dat de Tweete, Alma mit Namen, röppt, se will doch Hannes Grimmbass heiraden.

Na de Hochtied treckt Alma denn in ehr Mann sin Huus. Mal geiht se uck in'e Gaarn spazeern, do kümmt ehr Fründin dar vörbi un seggt: „Wat, du hest Hannes Grimmbass heiraad't, wo de doch din Süster afmurkst hett un so eklig is?"

Och, seggt se, se hett em nahmen, wiel dat ehr Vadder em en Barg Geld schüllig is; man leev hebben deit se em keen Spier. Hannes Grimmbass hört dat wedder mit, un in'e Nacht bringt he sin Fruu um'e Eck.

Na de dare nüe Moord truut he sik eerstmal nich hen na sin Swiegervadder; dree Daag duert dat, bet he de Kraasch hett un gahn hen un vertellen em, sin tweete Dochter is uck doot. Man toletzt oeverwinnt he sik doch un geiht hen un seggt, he will sin dreedusend Daler hebben oder de drütte Deern to Fruu.

Nie un nümmer will he dat togeven, bölkt de Mann, leever will he sik an'e Düvel verkopen, as dat he uck noch sin letzte Kind verleert, wat dar noch na is. Man de Deern, Luise heet se un is en sachtmödige un gude Deern, de seggt to ehr Vadder, se will Hannes Grimmbass woll nehmen. Do maken se denn Hochtied, un se treckt in ehr Mann sin Huus.

Faken geiht se in'e Gaarn spazeern, un mal, as se dar jüst bi is, kümmt dar uck ehr Fründin vörbi un seggt, wo dat angahn kann, dat se Hannes Grimmbass to Mann nahmen hett, wo de doch so gresig utseh'n deit un ehr beide Süstern afmurkst hett. Och, seggt Luise, se hett em liekers leev, darum hett se em nahmen.

Knapp hett se dat seggt, do wiest Hannes Grimmbass sik – de hett wedder mithört – do wiest de sik vör ehr. Un do is he ganz un gar verännert, un so eklig, as he vördem we'n is, so smuck is he nu, denn de Hex, de em verwünscht harr, de hett seggt, he schall so lang' grimmig un eklig we'n, bet he en Fruu finnt, de em leev hett, liekers he so grimmig utseh'n deit.

Do is Luise denn ja heel un deel tofreden. Se lett ehr Vadder na sik henkamen, un se ward Prinzessin. Un do gifft dat en grote Fest. Un vun do an hebben se tohopen glücklich levt un hebben nich mehr an de beide dode Deerns dacht.

De Kater mit Steveln an

Dar is mal en Möller we'n, de hett sin dree Jungs nix verarven kunnt as sin Moehl, sin Esel un sin Kater. Dat is ja gau updeelt, dar bruken se keen Afkaat un keen Verwalter för. De harrn dat beten Arv uck sachs gau upfreten. De Öllste kriggt de Moehl, de Tweete de Esel, un de Drütte kriggt nix as de Kater. Un he kann dar gar nich recht oever wegkamen, dat sin Arv so armselig utfallt.

„Min Bröder", seggt he, „ja, de koenen ja se's Broot ehrlich verdeenen, wenn se sik tosamendoon. Man wenn ik min Kater upeten heff un heff mi ut sin Fell en Paar Hännschen maakt, denn mutt ik ja doothungern."

De Kater hett dat ja mit anhört. Un do ward he upmal snacken un seggt mit en eernsthaftige Gesicht, sin Herr schall sik dat man nich so to Harten nehmen. He schall em man en Paas geven, seggt he, un em en Paar Steveln maken laten, 'nem he mit in'e Büsche gahn kann, un denn ward he dat al wies warrn, dat he nich so leeg afsneden hett, as he nu meent.

De Kater sin Herr gifft dar ja nich vel up, man he hett al faken seh'n, wo plietsch he sik anstellen deit, wenn he Rotten oder Müüs fangen will. Denn lett he sik uck woll mal an'e Fööt dalhängen oder verstickt sik in't Mehl un spelt en Dode, un darum denkt he, vellicht kann dat Deert em ja würklich helpen in sin Noot. Un do kriggt de Kater, wat he hebben will. He treckt de Steveln an, hängt sik de Paas um'e Hals, de Bänner dar an nimmt he in sin Vörderpoten, un denn geiht he na en Hagen, 'nem en Masse Kaninken rumlopen. He deit wat Klie un Kaninkenkruut in'e Paas, un denn leggt he sik dal un maakt sik lang, as wenn he doot is. He luert dar up, dat dar en junge Kanink kümmt, de noch nich lehrt hett, wo leeg de Welt is, un denn in sin Paas rinkrabbelt un freten will vun dat, wat he dar rindaan hett.

Knapp hett he sik dalleggt, do klappt dat uck al. En junge, unbedarfte Kanink krüppt rin in sin Paas, un Meister Kater treckt foorts an de Bänner un fangt 'n un bringt 'n ahn Erbarmen um'e Eck. Ganz stolt up sin Büüt geiht he denn na't Slott un will mit de König snacken. Se wiesen em na de Majestät ehr Stuuv, un as he dar rinkümmt maakt he en arige Kratzfoot vör de König un seggt, he hett dar en feine Wildkanink, de schall he em tokamen laten vun sin Herr, de Graaf vun Neddereck (de dare Naam hett he sik för sin Herr utdacht).

Denn schall he sin Herr man velen Dank seggen, seggt de König, he hett em dar en grote Freud mit maakt.

En anner Mal verstickt he sik in en Koornfeld un hollt ümmer sin Paas up; un as dar twee Repp-höhner rin gahn, treckt he an'e Bänner un fangt se all beid. Denn geiht he hen un schenkt se de König, so as he dat mit de Wildkanink maakt hett. De König freut sik uck to de beide Repphöhner un lett em wat to drinken geven. Sodennig maakt de Kater dat twee, dree Maanden lang un bringt de König af un to wat Wild vun sin Herr. Un mal, as he weet, de König kümmt mit sin Dochter an'e Au lang fahrt, do seggt he to sin Herr, wenn he doon will, wat he em nu seggt, denn ward dat sin Glück. He mutt blots in'e Au baden an en Stä', de he em wiesen will, un denn schall he em man maken laten.

De Graaf vun Neddereck deit, wat sin Kater em raden hett, liekers he nich recht weet, wo dat guut för we'n schall.

Wieldes he baden deit, kümmt de König dar lang, un do ward de Kater bölken, all wat he kann: „To Hülp, to Hülp, de Graaf vun Neddereck versüppt!"

As de König dat hört, kickt he ut't Kutschfinster un ward ja de Kater kennen, de em so faken Wild bröcht hett, un he gifft sin Deeners Order, se schoe'n gau hen un helpen de Herr Graaf vun Neddereck. Wieldes se de stackels Graaf ut't Water trecken, geiht de Kater ran an'e Kutsch un seggt to de König, as sin Herr baad't hett, do sünd dar wecke Spitzboven kamen un hebben em all sin Tüüg klaut, so dull he uck bölkt hett. (Man de Windbüdel hett dat Tüüg blots ünner en grote Steen verstaken.)

De König gifft foorts sin Tüügmeisters Befehl, se schoe'n een vun sin beste Antoeg halen för de Herr Graaf vun Neddereck. De König maakt em dusend Kumpelmenten, un wo dat Tüüg, wat se em geven hebben, sin Utsehn düchtig verbetert (denn he is ja smuck, en staatsche Keerl), do mag de König sin Dochter em geern lieden. Un as de Graaf vun Neddereck ehr en paarmal fründlich un en beten leev ankeken hett, do is se ganz hen un weg. De Kater freut sik, as he süht, sin Plaan fangt bi lütten an un klappt. Un denn löppt he vörut. Do kümmt he bi wecke Buern lang, de sünd jüst bi un meihn en Wisch, un do seggt he to se, wenn se nich to de König seggen woe'n, de dare Wisch hört de Graaf vun Neddereck, denn warrn se dör de Fleeschmaschin dreiht un to Hackfleesch maakt.

De König fraagt denn uck de Meihers, wokeen sin Wisch se dar meihn doon. De hört de Graaf vun Neddereck to, seggen se all tohopen, denn wat de Kater se andrauht hett, hett se doch bang' maakt.

Na, dar hett he ja en feine Stück Land, seggt de König to de Graaf vun Nedereck. Ja, seggt de Graaf, de dare Wisch bringt Jahr vör Jahr en Barg in.

Meister Kater löppt ja ümmer vörweg, un do bemött he wecke Lüüd, de sünd bi un fahr'n Koorn in, to de seggt he, wenn se nich seggen woe'n, de dare Koornfeller hör'n de Herr Graaf vun Neddereck, denn warrn se all dör de Fleeschmaschin dreiht un kamen in'e Wust.

En Ogenblik later kümmt de König dar lang un will weeten, wokeen all de dare Koornfeller tohör'n, de he dar süht. Dat sünd de Herr Graaf vun Neddereck sin, seggen de Erntelüüd, un de König freut sik darto jüst so as de Graaf.

De Kater löppt ümmerto vör de Kutsch an un seggt ümmer datsülve to de, de he bemött; un de König wunnert sik oever de grote Besitz vun de Herr Graaf vun Neddereck. Toletzt kümmt Meister Kater na en feine Slott, dar wahnt en Ries, de is so riek as keen anner, denn to dat dare Slott hört all dat Land, 'ncm de König eerst an vörbikamen is. De Kater hett sik dat vörher befraagt, wat de dare Ries för een is un wat he kann. Un nu will he geern mit em snacken; he seggt, he hett nich sodennig vörbigahn wullt, ahn dat he de Ehr harr un seggen em gu'n Dag.

De Ries begrötet em so fründlich, as dat geiht bi en Ries, un seggt, he schall sik man dalsetten.

Se hebben em vertellt, seggt de Kater, he kann sik to all Slag'en vun Deerten maken, to'n Bispill to en Lööw oder en Elefant.

Dat stimmt, seggt de Ries wat brutt, un dat will he em foorts wiesen un sik to en Lööw maken.

De Kater verfehrt sik sodennig oever de Lööw vör em, he klarrt foorts rup up'e Dackrönn, un dat fallt em gar nich licht un is uck nich ahn Gefahr, denn sin Steveln doegen nich recht för un lopen up'e Dackpannen rum.

En beten later süht de Kater, de Ries is wedder he sülven, do kümmt he dal un seggt, nu is he doch düchtig bang' we'n.

Se hebben em uck vertellt, seggt de Kater, man dat kann he nich recht gloven, dat he uck de Gestalt vun ganz lütte Deerten annehmen kann, dat he sik to'n Bispill to en Rott oder en Muus maken kann. Man he meent, dat kann doch gar nich angahn.

Wat, seggt de Ries, nich angahn? Dat will he em woll wiesen, un in't sülve maakt he sik to en Muus un löppt up'e Del rum.

Kuum süht de Kater dat, do smitt he sik up'e Muus un fritt 'n up.

Wieldes kümmt de König dar vörbi, un as he de Ries sin feine Slott wies ward, will he dar mal ringahn. De Kater hört de Kutsch oever de Toggbrügg rummeln, löppt gau vör de Dör un heet de König willkamen in de Herr Graaf vun Neddereck sin Slott.

Wat, röppt de König, dat dare Slott hört em uck noch? Dat gifft ja woll nix Smuckeres, seggt he, as de dare Hoff un all de dare Gebüden rundum. Nu wull he doch to un to geern mal na binnen kieken.

De Graaf gifft de junge Prinzessin de Hand un geiht achter de König ran – de geiht toeerst rup –, un do kamen se in en grote Saal, 'nem tostellt is to en feine Middag. Dat hett de Ries t'rechtmaken laten för sin Frünnen, de schullen em jüst vundaag besöken, man se hebben sik dar nich hen truut, wo doch de König dar is. De König is ganz andaan vun de Graaf vun Neddereck, jüst so, as sin Dochter ganz hen un weg is. Un nu he sin grote Besitz sehn hett, do seggt he, as he fiev, söss Gloes intus hett, nu liggt dat blots an em, de Graaf vun Neddereck, um he will sin Swieger-soehn warrn.

De Graaf maakt en deepe Kratzfoot un nimmt de Ehr an, de de König em andeit. Un noch desülve Dag heiraad't he de Prinzessin. De Kater ward en grote Herr un löppt nich mehr achter de Müüs ran – blots noch ut Schau[1].

---

[1] Schau = Spaß (dän. sjov)

Weet-Nich

Düt is we'n vör vele Jahr'n,
as de Höhner Tähns noch harrn.

Dar is mal en Graaf we'n, de is mit sin Deener ut'e
Stadt t'rüggkamen. Do süht he in'e Graav blangen de
Straat en Jung vun veer oder fiev Jahr, de liggt dar
un slöppt. He stiggt dal vun sin Perd, maakt de Jung
waak un fraagt em: „Wat maakst du denn hier, min
Jung?"

„Weet ik nich", seggt he.

„Wokeen is din Vadder?"

„Weet ik nich."

„Un din Mudder?"

„Weet ik nich."

„Wonem kümmst du her?"

„Weet ik nich."

„Wo heetst du?"

„Weet ik nich", seggt he blots ümmer.

Do seggt de Graaf to sin Deener, he schall de Bengel
vör sik up't Perd nehmen, un denn rieden se wieder
na Huus to.

Nu mutt de Jung ja en Naam hebben, un do nömen
se em denn Weet-Nich. Se schicken em up'e School in
en anner Stadt, un dar lehrt he allens, wat em nödig
is.

As he twintig Jahr oold is, seggt de Graaf to em, nu
hett he sachs nugg lehrt, nu schall he mit em na

Huus kamen. Un do nimmt he em denn mit na sin Slott.

Mal rieden de Graaf un Weet-Nich in'e Harfst tosamen to Stadt na de grote Markt un loscheern in'e beste Kroog.

„Ik bün tofreden mit di, un ik will di en feine Swert kopen", seggt de Graaf to de Jung.

Do gahn se tosamen na en Wapensmidt. Weet-Nich kickt sik männig en feine Swert an, man keen gefallt em, un do gahn se wedder weg un kopen nix. As se denn bi en Koopmann langkamen, de mit ole Iesen hannelt, blifft Weet-Nich stahn. He ward dar en ole, rustige Swert wies, kriggt dat faat un röppt: „Dat is jüst dat Swert, wat ik bruuk!"

„Wat", seggt de Graaf, „dat ole rustige Ding? Kiek doch mal, in wat för'n Tostand dat is! Dat döcht doch to nix!"

„Koop mi dat man so, as dat is", seggt de Jung, „denn warrst du dat laterhen al wies, wo dat to doegen deit."

De Graaf betahlt för dat ole, rustige Swert, dat is ja nich düer, un denn begeven se sik wedder na Huus.

As Weet-Nich de neegste Dag sin Swert nipp ankickt, ward he ünner de Rust wecke Bookstaven wies, de sünd meist gar nich mehr un kennen, man he kriggt dat doch klook, wat dar steiht. Dar steiht: „Jck byn Vnbedvvingbar".

„Fein!" denkt Weet-Nich

Wat later seggt de Graaf: „Ik mutt di ja uck noch en Perd kopen."

As denn wedder mal Perdemarkt is, begeven de beiden sik to Stadt. Up'e Marktgrund stahn allerhand feine Perde to Koop, ut Sleswig, ut Holsteen un ut Freesland. Man Weet-Nich finnt keen, wat em toseggen deit, un do gahn se avends, as de Sünn al dalgahn is, weg vun'e Marktgrund un hebben nix köfft kregen.

As se sik do jüst afglieden woe'n un wedder in'e Stadt rin, bemöten se en Frees, de treckt an en Koppstück vun Hamp en ole möö'e Toet achter sik her, mager as de Dood sin Krack. Weet-Nich blifft stahn, kickt 'n an un röppt: „Dat is dat richtige Perd för mi!"

„Wat! De dare Schinner? Man kiek di de doch mal an!" seggt de Graaf.

„Ja, dat is jüst de, de ik hebben will, un keen anner; koop mi de doch man."

Un de Graaf köfft de ole Toet för Weet-Nich, man he ques't düchtig oever de Jung sin gediegene Smack. As de Frees em sin Deert oevergeven deit, fluustert he Weet-Nich in't Ohr: „Sühst du de Knütten in de Toet ehr Koppstück?"

„Ja", seggt he

„Kiek, ümmer wenn du dar een vun upmaakst, bringt di de Toet foorts dusend Mielen weg."

„O, dat is ja mal fein", seggt Weet-Nich.

Denn maken Weet-Nich un de Graaf sik wedder up'e Weg na Huus mit de ole Toet. Ünnerwegens maakt Weet-Nich een Knütt vun dat Koppstück up, un foorts geiht dat mit de Toet un em dör de Luft dusend Mielen weg. Merrn in'e Königsstadt kamen se dal.

En paar Maanden later kümmt de Graaf uck na de Königsstadt, un as de Tofall dat will, bemött he dar Weet-Nich.

„Wat, du?" seggt he. „Büst du al lang' hier?"

„Ja, wiss doch", seggt he.

„Wodennig büst du denn herkamen?" Un do vertellt he em, wodennig he na de Königsstadt kamen is. Denn gahn se mit'nanner hen un seggen de König up sin Slott gu'n Dag. De König kennt de Graaf un nimmt de beiden guut up.

Een Nacht bi helle Maandschien ritt Weet-Nich alleen mit sin ole Toet buten vör de Stadt spazeer'n. Do süht he an en Krüüzweg to Föten vun en ole Steenkrüüz wat lüchten. He dar ja hen, un do süht he, dat is en gollne Kroon, bestückt mit Demanten.

„De nehm ik mit ünner min Mantel", seggt he bi sik.

„Laat dat na, anners ward di dat noch mal leeddoon", seggt en Stimm, he weet eerst gar nich, wonem de herkamen deit. Man denn markt he, de dare Stimm, de hört sin Toet. He toegert eerst noch en bet', man toletzt nimmt he de dare Kroon doch mit ünner sin Mantel.

De König hett em in Deenst nahmen, he schall en Deel vun sin Perde passen, un bi Nacht lücht't he in sin Stall mit de Kroon, denn de Demanten dar an lüchten in Düüstern. Sin Perde sünd glatter un smucker as all de vun de anner Knechten, un de König hett em dar al faken to graleert, un darum sünd se afgünstig. Nu is dat verbaden un hebben bi Nacht Licht in'e Stallen – dat kunn ja Füer geven –, man se sehn ja ümmer, dat is hell bi Weet-Nich in'e Stall, un do gahn se hen un verklaffen dat bi de

König. De König maakt dar eerst nix vun, man se kamen noch en paarmal un seggen dat na, un do fraagt he de Graaf, wat dat darmit up sik hett.

„Dat weet ik nich", seggt de Graaf, „man ik will dar min Deener na fragen."

„Dat is min ole rustige Swert", seggt Weet-Nich, „dat lücht't in Düüstern, denn dat is en Töverswert."

Man een Nacht kieken de annern dör't Sloetellock vun sin Perdestall, un do sehn se, dat Licht kümmt vun en smucke gollne Kroon, de steiht up'e Krüff un lücht't, ahn dat dar wat brennen deit. Do lopen se hen na de König un vertellen em dat. De luert de neegste Nacht de Ogenblick af, wo dat Licht angeiht, un denn steiht he upmal in Weet-Nich sin Perdestall, denn he hett dar ja en Sloetel to as to all de annern uck. Un do nimmt he de Kroon weg, stickt 'n ünner sin Mantel un bringt 'n na sin Kamer.

De neegste Dag röppt he de kloke Lüüd un de Töverers vun de Königsstadt tohopen, se schoe'n em seggen, wat de Schrift up'e Kroon bedüden deit; man keen vun se kann dar klook ut warrn.

Tofällig is dar en Kind vun soeven Jahr togegen, dat süht uck de dare Kroon un seggt, dat is de Prinzessin vun'e Gollne Ramm[1] ehr.

Foorts lett de König Weet-Nich ropen un seggt to em: „Du musst mi de Prinzessin vun'e Gollne Ramm an'e Hoff halen, dat ik ehr heiraden kann. Un bringst du ehr nich, denn kost't di dat din Leven."

Tjä, do sitt stackels Weet-Nich schön in'e Schiet. Mit Tranen in'e Ogen geiht he na sin ole Toet.

---

[1] Ramm = altes Wort für Widder.

„Ik weet", seggt de Toet, „wat di fehlt un warum du de Ohren bummeln lettst. Heff ik di dat nich seggt, du schu'st de gollne Kroon dar laten, 'nem du 'n funnen hest, anners wurr di dat noch mal leeddoon? Tjä, nu is dat so wied. Man laat di dat man nich to dull verdreeten. Wenn du man up mi hör'n wullt un up en Prick doon, wat ik di seggen do, denn kannst du di noch wedder ruttrecken ut'e Schiet. Eerstmal gah hen na de König un verlang vun em Haver un Geld för de Reis."

De König gifft em Haver un Geld, un Weet-Nich maakt sik up'e Weg mit sin ole Toet.

Se kamen an'e See, un dar sehn se en lütte Fisch, de liggt up't Dröge in'e Sand un is kort vör't Dootblieven.

„Sett gau de dare Fisch in't Water", seggt de Toet. Weet-Nich deit dat, un do stickt de lütte Fisch foorts sin Kopp ut't Water un seggt: „Du hest mi dat Leven rett't, Weet-Nich. Ik bün de König vun de Fisch, un wenn du mal min Hülp bruken deist, mutts du blots an'e Seekant na mi ropen, denn kaam ik foorts an." Denn dükert 'n in't Water, un weg is 'n.

En beten wieder lang finnen se en lütte Vagel, de hett sik in en Nett verfungen.

„Maak de dare Vagel frie", seggt de Toet wedder. Un Weet-Nich snitt dat Nett twei, dat de Vagel rut kann, un ehrer 'n wegflüggt seggt 'n: „Velen Dank, Weet-Nich, dat will ik di gedenken! Ik bün de König vun de Vageln, un wenn ik oder min Lüüd di mal to Deensten we'n koenen, musst du blots na mi ropen, denn kaam ik foorts an."

63

Se reisen denn wieder, un de Toet kümmt ja licht oever Strööm, Bargen, Holt un See, un sodennig duert dat nich lang', un se sünd ünner de Muern vun dat Slott vun'e Gollne Ramm ankamen. Vun binnen in't Slott hören se so'n gresige Larm, Weet-Nich truut sik gar nich un gahn dar rin. Blangen dat Door ward he en Keerl wies, de is mit en ieserne Ked an en Boom fastmaakt un hett up't Liev so vel Hoorns, as dat Jahr Daag hett.

„Maak de dare Mann los un giff em de Frieheit", seggt de Toet.

„Ik truu mi dar nich ran."

„Bruukst nich bang' we'n, he deit di nix." Weet-Nich maakt de Keerl los, un de seggt: „Velen Dank, dat will ik di gedenken. Wenn du mal Hülp bruukst, roop man na Hoorngriep, de König vun'e Geister, denn kaam ik foorts an."

„Nu gah man rin in't Slott", seggt de Toet to Weet-Nich, „un wes nich bang'. Ik bliev hier in't Holt to freten, dar kannst mi finnen, wenn du wedder-kümmst. De Fruu vun't Slott, de Prinzessin vun'e Gollne Ramm, ward di guut upnehmen un di aller-hand feine Saken wiesen. Denn laad'st du ehr in un kamen mit di in't Holt för un seh'n din Toet, een, as dat keen anner gifft up'e Welt. De kennt all de Dänz vun düt Land un vun'e anner Länner, un de schall 'n ehr vör ehr Ogen vörmaken."

Weet-Nich geiht na dat Door vun't Slott. He bemött en Deenstdeern, de will jüst Water halen ut'e Born in't Holt, un se fraagt em, wat he dar söken deit.

He wull geern mal mit de Prinzessin vun'e Gollne Ramm snacken, seggt he. Do geiht de Deern hen un seggt de Fruu Bescheed, dar is en Frömde na't Slott kamen, de will mit ehr snacken.

De Prinzessin kümmt foorts dal ut ehr Kamer un laad't Weet-Nich in un kieken sik mit ehr all de feine Saken in ehr Slott an. As he allens sehn hett, laad't he denn de Prinzessin in un kamen mit em in't Holt un kieken sik sin Toet an. Dar is se uck foorts mit inverstahn. De Toet wiest ehr allerhand Dänz, un dat maakt ehr en Barg Spaaß.

„Sett Ju man mal rup, Prinzessin", seggt Weet-Nich, „denn danzt 'n ganz fein mit Ju."

Eerst will de Prinzessin ja nich recht, man denn klarrt se doch rup. Foorts springt Weet-Nich blangen ehr, un de Toet stiggt mit se in'e Luft un bringt se in een Ruff oever de See.

„Du hest mi anföhrt!" röppt de Prinzessin. „Man du büst noch nich dörch mit din Maleschen, un ehrer ik de König heiraden do, scha'st du noch so männigmal dat Blarrn kriegen."

Een, twee, dree sünd se in'e Königsstadt. Weet-Nich bringt de Prinzessin foorts na de König un stellt ehr vör: „Majestät, hier is de Prinzessin vun'e Gollne Ramm."

De König is rein hen un weg, so smuck, as se is; he kann sik gar nich wedder inkriegen vör Freud un will ehr batz up'e Stä' heiraden. Man de Prinzessin verlangt, se moeten ehr eerst ehr Ring bringen, de hett se in ehr Kamer up't Slott vun'e Gollne Ramm liggen laten, un de Sloetel darto is weg.

Do kriggt Weet-Nich vun'e König de Updrag, he schall de Prinzessin ehr Ring halen, anners … Heel trurig geiht he na sin Toet.

„Kannst di dar nich up besinnen", seggt de, „dat du de König vun'e Vageln dat Leven rett't hest, un dat he di toseggt hett, he wull dat bi Gelegenheit wedder guutmaken?"

„Doch, dat weet ik woll", seggt he.

„Na, denn roop em man to Hülp, nu is dat de Tied darför."

Un Weet-Nich röppt: „König vun'e Vageln, kumm un help mi!"

Foorts is de König vun'e Vageln dar un fraagt: „Wat steiht to Deensten, Weet-Nich?"

„De König", seggt he, „hett mi Updrag geven, bi Doodsstraaf, ik schall de Prinzessin vun'e Gollne Ramm ehr Ring halen, de is in ehr Slott bleven in en Kamer, 'nem se de Sloetel to verlaren hett."

„Man keen Bang'", seggt de Vagel, „de Ring ward di bröcht." Un denn röppt 'n all de Vageln, elkeen bi sin Naam.

Do kamen se all an, so as se's Naam uprapen ward. Man och, keen vun se is lütt nugg un kamen in de Prinzessin ehr Kamer rin dör't Sloetellock. Blots de Tuunkrüper hett vellicht Schangs un schaffen dat; do ward de denn losschickt un halen de Ring.

He hett düchtig Mars un verleert meist all sin Feddern, man denn kriggt he sik doch in'e Kamer rinmarst un nimmt de Ring un bringt 'n na de Königsstadt. Weet-Nich bringt 'n foorts na de Prinzessin.

„So, Prinzessin", seggt de König, „nu hebben I sachs keen Grund mehr un schuven min Glück rut."

„Ik fehl blots noch een Deel för un stellen Ju tofreden, Majestät, man dat mutt ik hebben, anners ward dar nix vun."

„Denn snack man, Prinzessin, wat I verlangen sünd, ward maakt."

„Na, denn laat mi min Slott hierher bringen, liek oever vör Jues."

„Jues Slott hierher bringen? ... Wodennig schall ...?

„Ik bruuk min Slott, anners ward dar nix vun."

Un Weet-Nich kriggt wedder mal Updrag, he schall sik wat infallen laten för un halen de Prinzessin ehr Slott, un he maakt sik up'e Weg mit sin Toet. As se vör de Muern vun't Slott stahn, seggt de Toet: „Roop du man de König vun'e Geister to Hülp, de du vun sin Keden los maakt hest up unse eerste Reis."

Do röppt he Hoorngriep, de König vun'e Geister. De kümmt un fraagt: „Wat steiht to Deensten, Weet-Nich?"

„Bring mi de Prinzessin vun'e Gollne Ramm ehr Slott na de Königstadt, liek vör de König sin, un dat foorts."

„Ward maakt, dat is liekto."

Un de König vun'e Geister röppt sin Lüüd. Do kümmt dar foorts en ganze Slars vun se an, se rieten dat Slott mitsammt dat Fundament ut'e Fels, 'nem dat up steiht, böhren dat hooch in'e Luft un bringen dat na de König sin Stadt. Weet-Nich ritt up sin Toet achterher un kümmt to lieker Tied an.

De neegste Morrn sünd de Stadtlüüd bannig verbaast, as se dat Lüchten vun'e upgahn Sünn up'e

gollne Kuppeln vun dat Slott wies warrn, un mee-
nen, dat brennt. Dar ward uck allerwegens rapen:
„Füer! Füer!"

Man de Prinzessin kennt ja stracks ehr Slott un
geiht dar gau hen.

„So, Prinzessin", seggt de König, „nu blifft Ju ja nix
mehr na as leggen de Dag för de Hochtied fast."

„Ja, man eerst fehl ik noch een lütte Deel", seggt se.

„Wat denn, Prinzessin?"

„De Sloetel to min Slott, de hebben se mi nich bröcht,
un ahn de kann ik ja nich rinkamen."

„Ik heff hier bannig düchtige Slossers, de maken Ju
en nüe een."

„Nee, keen Minsch up'e Welt kann en nüe Sloetel
maken, 'nem de Dör vun min Slott mit upgeiht. Ik
bruuk de ole, un de liggt up'e Grund vun'e See."

As se herkamen is, hett se, as dat oever de See gung,
de Sloetel dalfallen laten in'e Deepde.

Weet-Nich kriggt wedder Updrag, he schall de
Prinzessin de Sloetel to ehr Slott halen, un he maakt
sik up'e Weg mit sin ole Toet. As se an'e Seekant ka-
men, röppt he de König vun'e Fisch. De kümmt
foorts an un fraagt: „Wat steiht to Deensten, Weet-
Nich?"

„Ik bruuk de Sloetel to de Prinzessin vun'e Gollne
Ramm ehr Slott, de hett se in'e See smeten."

„De kriggst du", seggt de König. Un foorts röppt he
all sin Fisch, un de kamen all gau an, so as he se's
Naams nöömt; man keen vun se hett de Sloetel to
dat Slott sehn. Blots de ole Oma hett nich up ehr

68

Naam reageert. Man toletzt kümmt se uck an un hett de Sloetel in't Muul, de is ut een bannig kostbare Demant maakt. De König vun'e Fisch nimmt 'n un gifft 'n Weet-Nich.

Weet-Nich ritt mit sin Toet foorts wedder na de König sin Stadt, froh un dütmal ahn Sorg, denn se weeten, düt weer de letzte Proov. De Prinzessin kann nu nich mehr utwieken un Tied schinnen, un de Dag för de Hochtied ward fastleggt.

Do begeven se sik to Kirch mit grote Staat un Stahoi, un Weet-Nich mit sin Toet achter de Togg ran un uck rin in'e Kirch, un dat gifft en grote Verwunnern un Schandaal mang all de Lüüd. Man as de Fier to Enne is, fallt upmal dat Fell vun'e Toet dal an'e Grund, un do steiht dar en Prinzessin, ganz wunnerbar smuck, de gifft Weet-Nich de Hand un seggt: „Ik bün de König vun Tartarien sin Dochter. Kumm mit mi na min Land, Weet-Nich, un denn scha'st du dar min Mann warrn."

Un Weet-Nich un de König vun Tartarien sin Dochter laten de König un sin Lüüd verbaast stahn un glieden sik tosamen af. Un vun do an heff ik nix mehr vun se hört.

Smidt Elend

Dar is mal en Smidt we'n, de hett Elend heeten. He is arm we'n, arm as de Preester sin Kater. So arm, he hett faken sin Kinner losschicken musst to bedeln, dat se man dat Leven beholen, un dat bi elkeen Wedder, wiel dat dar keen Broot in't Huus we'n is. Een Winteravend sitt Elend mal mit sin Kinner an'e Eck vun'e Heerd un luert dar up, dat sin Fruu dat beten Avendbroot to Disch kriggt, do kloppt dar en ole, plünnige Bedelmann an'e Dör un fraagt, um se em för Gottslohn nich en beten Platz an se's Füer oeverlaten woe'n för de Nacht un en lütte Brock Broot, man he will se nix wegnehmen.

He stackels Minsch schall man driest rinkamen, seggt Elend foorts, se woe'n doon, wat se koenen.

Sin Fruu passt dat nich; se gnurrt dör de Tähns: „Nu kiek mal an! Geiht uns dat noch nich leeg nugg? All Näslang moeten wi de Kinner losschicken, dat se hier un dar se's Broot tohopenfechten, un nu wullt du noch reisen Lüüd upnehmen!"

„Och, wat Schiet!" seggt Elend. „Een mutt Mitleed hebben. En paar Mundvull mehr oder weniger, wat maakt dat al ut! Bring du man dat beten rin, wat dar is."

Un to de Bedelmann seggt he: „Weetst woll, de arm is, de is nu mal nich riek. Groot wat un dischen up to't Broot is dar nich, man dat beten, wat wi hebben, deelen wi geern. Kumm man ran an'e Heerd, du büst ja ganz verklaamt."

He nödigt em dal up en Stohl, smitt noch wat Holt up't Füer, un as de Ole sik en beten upwarmt hett, haalt he em an'e Disch blangen sik un seggt, he schall man driest tolangen. Achterher snacken se noch en beten, un denn maken de Smidt un sin Fruu för de arme Mann en Lager an't Füer torecht, 'nem he so guut, as 't geiht, de Nacht tobringen kann, un he maakt sik dar denn lang.

Foorts, as dat de neegste Moorn Dag ward, steiht de Ole up, nimmt sin Stock un will gahn, man jüst as he oever de Süll will, seggt he to Elend: „Elend, ehrer ik güstern Avend hierher kamen bün, heff ik bi en rieke Mann ankloppt, man de hett mi rutsmeten un mi uck nix geven. Man du, du hest sülven knapp wat to bieten un to breken, man du harrst Mitleed. Dat schall di nich leed doon, denn ik bün de Herrgott, un to Lohn för din Guutheit, dörvst du di dree Saken vun mi wünschen. Eendoont, wat dat is, du scha'st dat hebben."

Do stött de Fruu Elend in'e Rippen un seggt liesen to em: „Be' um en Barg Geld. Wi sünd so arm! Dat wi uns dat doch för de Rest vun unse Leven en beten kommodig maken koenen un uck de Kinner wat verarven koenen!"

„Laat mi mal nadenken", seggt Elend. Un as he en Ogenblick oeverleggt hett, seggt he to unse Herrgott: „Ik heff hier so'n ole Lehnstohl. Ik wünsch mi, dat de, de sik dar in setten deit, nich wedder upstahn kann ahn min Verlööv."

As de Fruu dat hört, ward ehr dat krupen. Se seggt liesen: „Büst du unklook wurrn? Wat, to'n Düvel, schall di denn de dare Stohl inbringen? Uns geiht dat so ring as man wat! Weer 't nich beter, du wünschst di en Barg Geld?"

„Dat sünd *min* Wünsch", seggt Elend, „un ik wünsch mi, wat *ik* will."

He oeverleggt wedder en Ogenblick, denn seggt he: „Ik heff hier buten de Dör en Appelboom, dar klau'n se mi ümmer de Appeln vun. Ik wünsch, dat elkeen, de dar rup klarrt nich wedder dal kann ahn min Verlööv."

Dütmal hollt dat de Fruu nich mehr up ehr Platz. „Büst du denn tumpig un lettst dat Glück weglopen, wenn dat sodennig na di kamen deit? Du kannst di doch Appeln kopen un allens, wat du wullt, wenn du Geld hest!"

„Dat heff *ik* to bestimmen", seggt Elend, „un ik do, wat mi passen deit."

„Man denn wünsch di tominnst nu en Barg Geld", seggt sin Fruu, „du hest blots noch een Wunsch na."

Elend denkt wedder na, denn kriggt he ut'e Tasch en ole ledderne Geldbüdel rut, 'nem he nich faken Geld rin doon kann. De wiest he unse Herrgott un seggt: „Ik wull, dat nix, wat in düsse Geldbüdel rinkümmt, dar wedder rut kann ahn min Verlööv."

„Dat schall allens we'n, as du di dat wünscht hest", seggt de leeve Gott, un denn geiht he. Un de Oolsch ward nu Larm maken un Elend allerhand Schimpwöör an'e Kopp smieten.

Elend lett ehr bölken un geiht an'e Arbeit un deit, as wenn he doof is.

En paar Daag later, Elend is bi de Arbeit, do kümmt dar en Mann bi em an, de kennt he nich.

„Moin, Smidt."

„Moin."

„Na, wat maakst du?"

„Ik arbeid, dat sühst du ja."

„Fein, denn is 't ja guut. Hör mal to, du musst mi mal een Deel seggen."

„Wenn ik dat man weet, vun mi ut!"

„Se hebben mi vertellt, letzt Avend is dar een bi di Nacht bleven."

„Do hebben se di nix vörlagen."

„Un wat is dar bi rutsuert för di?"

„Na, nix – ik heff ja uck nix verlangt."

„Nix? Dat is nich vel. Weetst wat, min Jung, ik, ne', ik bün de Düvel, un wenn du mi toseggen wullt, wat ik vun di will, denn maak ik di riek, ganz, ganz riek. Denn gifft dat keen Minsch, de glücklicher un tofredener is as du."

„Dat lett sik hör'n. Man eerstmal – wat wullt du denn vun mi?"

„Dat will ik di seggen. Bi tein Jahr, akraat up'e Dag, denn kaam ik wedder, un denn hörst du mi to, denn musst du mit mi kamen. Man de dare tein Jahr, kannst du di so vel Gold un Sülver wünschen, as du wullt, du hest dat foorts in'e Tasch. Dar kannst du mit leven as en grote Herr, sittst di de Mors platt un hest allens, wat di Lust un Vergnögen maakt.

„Dat gah ik ünner", seggt Elend.

Un knapp hett he dat utspraken, do is de Düvel as wegweiht.

Vun de Dag an hett Elend so vel Geld, he weet gar nich, 'nem hen darmit. Sin eenzige Sorg is, dat he man allens nahaalt kriggt, wat em bet darhen ut'e

Näs gahn is. He maakt sik en schöne Dag un en feine Leven, lett nix ut, löppt vun Fest to Fest, up twintig Mielen is dar keeneen vergnöögter un beter stellt as he, so fein geiht em dat.

As he tein Jahr up de Aart levt hett, kümmt een schöne Morrn de Düvel wedder na em, un as he oever de Süll kümmt, seggt he: „So, min Jung, büst du klaar? Ik heff min Woort holen, nu büst du an'e Tour. Vundaag is Termin."

„O", seggt Elend, „du kümmst mi aver bannig ungelegen! Dar heff ik ja gar nich mehr an dacht! Wullt du mi nich noch tein Jahr to geven un mi to Willen we'n? Ik bün so fein in'e Gang' un amesseer'n mi, dat schull mi würklich bannig leed doon, wenn ik dar so batz! vun af mutt."

„Nix, nix!" seggt de Düvel, „maak hier nix in'e Gang'. De Stunn is dar, du musst mit."

„Na guut", seggt Elend, „wenn 't denn we'n mutt, denn laat mi blots noch even min Saken up Schick bringen, denn kaam ik mit. Kiek, hier is en Stohl, sett di man en Ogenblick dal, bet ik klaar bün."

He bütt em en ole Lehnstohl an, un de Düvel sett sik dal. Na en lütte Stoot seggt Elend: „So, nu bün ik klaar; wenn du wullt, koenen wi los."

„Na, denn man to", seggt de Düvel. Un do will he upstahn. Man wat is dat? He kann nich hooch kamen vun sin Sitz.

„Öh", seggt he, „wat is dat denn nu? Ik kaam nich ut düsse Lehnstohl rut."

„Dat is ja gediegen", seggt Elend. „Tööv en Ogenblick, ik will di helpen."

Un do kriggt he sik en grote dicke Knüppel her, de hett he achter de Dör stahn, un denn dat up'e Düvel dal un gifft em dat lang un breet, as dat jüst kümmt, all, wat he kann. De Düvel ward bölken as en Oss un bedelt um Perdun un Gnaad. Man Elend hört nich, he timmert up los as mall, een Slag jaagt de neegste.

Toletzt is he ut'e Puust un seggt: „Du Aasknaak, du kümmst dar eerst rut, wenn du mi toseggt hest un laten mi noch tein Jahr in Freden leven un giffst mi so vel Gold un Sülver, as ik hebben will, jüst so as bet nu."

„Do ik! Do ik!" schriet de Düvel, „maak mi gau los!" Un Elend maakt em frie.

Do fangt Elend denn dat ole Leven wedder an, he haut up'e Putz so dull, as he man kann, he smitt sin Geld rut mit beide Hänne un hett doch ümmer de Taschen vull. Sodennig gahn de tein Jahr jüst so vörbi as de annern vörher, un een Dag steiht de Düvel wedder bi em vör de Dör. Man dütmal is he nich alleen, he hett en lange Reeg lütte Hülpsdüvels mit. Un he seggt to Elend: „Na, ool Fründ, allens klaar? Vundaag, min Jung, heff ik min Lüüd mit-bröcht, din Lehnstohl helpt di nich mehr. Nu mal en beten flink, dar geiht 't lang!"

„Och", seggt Elend, „wullt du mi nich noch tein *arme* Jahr to geven? Dat kost't di denn doch wieder nix, un mi wurr dat fein in'e Kraam passen."

„Nix, nix!" seggt de Düvel basch, „laat din Preestern man na un seh to! Du hest di nugg amesseert, nu man to, du Hallunk!"

„Na denn", seggt Elend, „wenn 't denn we'n mutt ... Laat mi blots noch even en beten Reegel up min

Kraam kriegen, denn kaam ik. Wenn I wieldes Langewiel kriegen, du un din Lüüd, denn koenen I ja en beten up'e Appelboom dar buten de Dör klarrn un ju wecke Appeln plöcken; de sünd gar nich so leeg. Un lang' man driest to, wo ik nu weg mutt, bruuk ik se ja doch nich mehr, denn koenen I dar ja man guut vun hebben."

Dat laten de lütte Düvels sik nich tweemal seggen. Gau klarrn se all tohopen up'e Appelboom un setten sik Appeln to Liev, dar is dat Enne vun weg. As de grote Düvel – de is ja nedden bleven –, as de dat süht, do kriggt he dar uck en Jieper up, un he röppt, se schoe'n em doch mal een vun de dare Appeln dalsmieten, dat he mal süht, um se wat doegen.

„Och wat!", ropen se t'rügg, „maak dat doch so as wi! Wenn du wecken hebben wullt, denn haal di wecken!"

Do klarrt de Düvel uck up'e Boom, dat he sik wecke Appeln plöcken will.

Dar hett Elend up luert. He seggt nix, nimmt en lange Iesenstang, fein anspitzt, de hett he dar al praat liggen, un leggt 'n in't Smäfüer, bet 'n rootglöhnig is. Denn geiht he dar na de Appelboom mit. As se dat seh'n, woe'n de Düvels gau dalklarrn, man se blieven up'e Telgens sitten, se koenen dar nich vun afkamen. Un Elend geiht bi un stickt mal hier hen, mal dar hen un brennt se de Morsbacken mit sin glöhnige Iesen. He löppt vun de eene na de anner un lett se keen Ruh un keen Freden. Se hulen, dat een dar heel doof vun ward, as harrn se Füer in'e Mors – un dat hebben se ja uck.

„Na, min Jung, wat dücht di um'e Appeln?" fraagt he de ole Düvel un triezt em en beten. „För de Lehnstohl hest du di wahrt, man ik heff di liekers faat kregen! I kamen dar nich rut, du un din Lüüd, ehrer du mi toseggt hest un laten mi noch tein Jahr leven un giffst mi so vel Gold un Sülver, as ik hebben will, jüst so as bet nu."

„Do ik! Do ik!" schriet de Düvel, heel dör de Wind. „Laat uns blots gahn!"

„Denn kumm man dal, I Untüüg", seggt Elend, „un glie' ju af, un dat en beten gau, I stinken sengelig."

Un de ole Düvel un de lütte Düvels springen dal vun'e Boom, all dör'nanner, un gahn hen, 'nem se her kamen sünd, un rieven sik de Achterste.

Elend fangt denn dat ole Leven wedder an, fideel as de Muus in't Haverstroh, amesseert sik noch duller as vördem, un sin Geldbüdel markt dar nix vun, un wat he will, dat hett he. Man de dare tein Jahr gahn uck vörbi, un een Dag fallt de Düvel mit en heele Flock lütte Düvels, batz! bi em in, un darbi hett he keeneen de Weg langkamen sehn. Dar sünd groten, lütten, swatten, roden, allens grimmelt un wimmelt vun Düvels.

„Ho, ho!" seggt Elend, „anners nix? Dütmal hest du ja woll keeneen to Huus laten, wa'?

„Nee", seggt de Düvel, „bi di mutt een sik ja bannig vörseh'n, du Doegnix! Denn man to, kaam in'e Gang'!"

„Ja, ja", seggt Elend, „un dütmal maakt mi dat gar nix ut un kamen mit, denn, ehrlich seggt, ik heff mi nu nugg amesseert. Wi koenen afste', wannehr du wullt ... Man I hebben mi en ganz schöne Schreck injaagt, du un din Lüüd, un fallen eenfach so bi mi in, ahn Wahrschuu, as wenn I ünner de Eerde rutkamen sünd! Wodennig hebben I dat blots maakt? Mein Zeit, wenn ik ju nich kennen dä – ik kunn meist gloven, I hebben noch mehr Macht as unse Herrgott!"

De Düvel smitt sik in'e Bost un seggt: „Mehr as Gott nich, man jüst so vel. Wi verwanneln uns, as wi woe'n, wi gahn rin, wonem wi woe'n, ahn dat uns een wies ward, eendoont, wo knapp de Platz is."

„Ja, ja", seggt Elend un schüttkoppt, „dat lett sik licht seggen. As de leeve Gott domals hier lang keem, hett he mi vertellt, he un sin Lüüd koenen sik ganz lütt maken, so lütt, dat se dat gar nix utmaakt un sitten all tosamen in en Geldbüdel. Man I annern, in wat moeten I ju denn verwanneln, dat I dat uck koenen?"

„Pah, Kleenigkeit!" seggt de Düvel. „Wenn allens so eenfach weer!"

„Du büst en Grootmuul", seggt Elend. „Wullt du mi wiesmaken, I passen all tohopen to'n Bispill in düsse Geldbüdel?"

Bi düsse Wöör kriggt he sin ole ledderne Geldbüdel ut'e Tasch un hollt 'n nu wied apen mang sin Hänne. In'e sülve Ogenblick, ssst! trecken sik de Düvels tosamen to en Nevel, un de dare Nevel treckt in'e Büdel, ganz un gar, nich de lüttste Dunst blifft buten. Un denn röppt de Düvel: „So! Sünd wi dar nu in, oder sünd wi dat nich?"

Man de Smidt seggt nix, he maakt gau de Büdel dicht un treckt de Bänner arig fast. Denn bringt he 'n na sin Ambolt un ward dar nu up loshau'n mit de grote Hamer all, wat he kann. Un de Düvels warrn jammern. Un bölken in'e Büdel: „Laat uns rut! Laat uns rut! Du haust uns ja to Gruus un Muus!"

Dat is en Höllenlarm! Man je duller se bölken, je duller haut Elend to un lett sik dat gar nich ankamen. Toletzt ward he doch möö', un do seggt he: „Ik hau ju platt as Pennings, I Missbeester, wenn I mi nich toseggen, dat I nie nich wedderkamen woe'n un mi in Freden leven laten so lang', as mi dat passt, un so, as mi dat Spaaß maakt."

„Segg ik di to! Segg ik di to!" huult de Düvel. „Maak de Büdel up!"

Do is Elend dar, 'nem he hett hen wullt, un do maakt he de Büdel up, un de Düvels neih'n ut, ahn dat een se dat seggen mutt, een achter de anner, un grunsen as de Swiens, un he hett se nie nich wedder seh'n.

Un dar kümmt dat vun, dat Elend ümmer noch in'e Welt is.

De Krummpuckel un sin beide Bröder

Dar is mal en König we'n, de hett dree Soehns hatt. Twee darvun sünd smucke, staatsche Jungs we'n, de drütte hett en Puckel hatt un hett Alwin heeten. Em hett sin Vadder nich utstahn kunnt, he hett in'e Koek mang de Grapen sitten musst, wieldes de beide Öllsten mit an se's Vadder sin Disch eten hebben, un de Ole hett de beiden uck allerwegens mit hennahmen.

Mal lett de ole König sin dree Soehns na sik henkamen un seggt to se: „Jungs, ik warr bi lütten oold, un ik will dat beten Tied, wat mi noch nablifft, in Ruh un Freden leven. Darum will ik min Kroon un min Riek an de vun ju dree geven, de mi dat fienste Stück Linnen bringen deit. Nu maak ju up'e Padd, reis wied un sied, un bi Jahr un Dag sünd I wedder hier."

Do reisen de dree Bröder denn af, elkeen in en anner Richt. De beide öllsten hebben elk en feine Perd un rieden up, un de Taschen vull Gold un Sülver. Se gahn eerstmal na se's Leevsten un woe'n se adjüs seggen. Man dar vergeten se de Tied bi un leven lustig in'e Dag, so lang', as se's Geld langt.

De Krummpuckel hett vun sin Vadder nich een Penn kregen un uck keen Perd, man he stevelt vörföötsch afste', vull Kraasch. Wenn he Hunger hett, knault he up en Brootköst, plöckt sik Noet, Bickber'n un Brummelber'n vun'e Büsche an'e Straat, un he drinkt ut'e holle Hand vun'e Borns an'e Weg. Mal kümmt he oever en grote Heid, do hört he mitmal en klare, frische Stimm, de singt en ole Leed. He blifft stahn un hört to un denkt, he mutt doch mal kieken, wo-

80

keen dar so fein singen deit. Un he geiht up de Stimm to.

Do bemött he en junge Deern, de is bannig smuck un seggt to em: „Moin, Alwin, König sin jüngste Soehn!"

„Wat, du kennst mi?" fraagt de Prinz heel verbaast.

„Ja, ik kenn di, un ik weet uck, wonem du up dal wullt. Jues Vadder hett to di un din beide Bröder seggt, he will sin Kroon un sin Riek an de vun ju dree geven, de em dat fienste Stück Linnen bringen deit, un I hebben ju all dree up'e Padd maakt för un söken dat smucke Linnen. Stimmt't?"

„Stimmt akraat", seggt Alwin, ümmer duller verbaast.

„Na, süh! Din beide Bröder sünd na se's Leevsten gahn un leven mit de lustig in'e Dag rin un quälen sik dar gar nich um un söken fiene Linnen. Du hest keen Leevste, du hest di starkmödig up'e Padd maakt, un du verdeenst dat un winnen. Kumm mit mi na min Slott, denn will ik di raden."

Do geiht Alwin mit ehr na dat, 'nem se „min Slott" to seggt, man dat is nix as en armselige Kaat vun Sand un Lehm. He blifft en Tied bi ehr, un ehrer he wedder afreist, gifft se em en lütte Schachtel, nich grötter as en Fuust, un seggt, de Tied is nu dar för em un gahn na Huus: „Nimm düsse Schachtel un stell di man vull Toversicht bi din Vadder vör."

Do geiht Alwin na Huus mit sin Schachtel. As he in'e Hoff vun sin Vadder sin Slott kümmt, ward he sin beide Bröder an'e Finstern wies, de sünd heel vergnöögt un mit sik sülven tofreden. Se sünd kamen mit se's Perde vull beladen mit fiene Stücken Linnen.

„Dar kümmt Alwin uck!" ropen se. „He hett nich een Stück Linnen mit un is jüst so grimmig[1] un elennig as do, as he lostrocken is, un he is ünnerwegens uck nich sin Puckel loswurrn!"

De beide öllere Bröder breeden denn se's Linnen vör se's Vadder sin Ogen ut. Dat is bannig smuck un aasig düer.

„Un wat is mit di, Alwin?" fraagt de König. „Wull du nich mitmaken, dat du gar nix bringst?"

Do kriggt Alwin sin Schachtel ut'e Tasch un langt 'n sin Vadder hen. De schall he man mal upmaken, seggt he. De ole König nimmt de Schachtel, maakt 'n up, un foorts kümmt dar en Enne witte Linnen rut, dat föhlt sik ganz week an un is glatt un schemert as Sied. Un he kriggt dar ümmer mehr rut, tominnst en Stunn lang, dat schient, de dare Schachtel ward gar nich leddig.

„Alwin hett wunnen!" seggt de König do. „An em geiht min Kroon."

„Dar is doch Hexenkraam mang", ropen de beide öllere Bröder, de passt dat ja ganz un gar nich. „Un denn mutt dat uck dree Proven geven."

„Schall mi recht we'n", seggt de König; em passt dat uck nich un geven sin Kroon an en Krummpuckel.

„Denn segg, wat is de tweete Proov?"

„Na ja, de mi dat feinste Perd bringen deit."

Un de dree Bröder maken sik wedder up'e Padd, elkeen na sin Richt. De beide Öllsten gahn wedder so as

---

[1] grimmig = hässlich (dän. grim)

vörher na se's Leevsten, un de Krummpuckel nimmt wedder de Stieg oever de Heid ünner de Fööt, 'nem he do de smucke junge Deern bemött is, de em dat eerste Mal darto verhulpen hett un winnen. As he dar na en Barg Maleschen ankümmt, hört he wedder desülvige Stimm datsülvige Leed singen. „Fein!" denkt he un kriggt frische Moot un Haap. Un he strevt sik un kamen hen na de smucke Sängersche ehr Lehmkaat.

„Moin", seggt he, as he rinkümmt, „dar bün ik wedder."

„Moin, König sin jüngste Soehn", seggt de Deern. „Ik weet woll, warum du wedderkümmst. Din Bröder hebben de eerste Prov verlaren, un do hebben se verlangt, dat schall dree geven, un de tweete is, I schoe'n jues Vadder dat feinste Perd bringen."

„Stimmt; man wodennig schall ik bi en feine Perd kamen, wenn ik keen Geld un nix heff?"

„Du hest ja uck dat fienste Linnen kregen ahn Geld; warum schu'st du denn nich uck dat feinste Perd kriegen koenen ahn Geld? Bliev du man hier bi mi, bet de Tied dar is, dat du t'rügg musst, un maak di keen Sorgen."

Do kümmt Alwin denn to Ruh un blifft bi de Deern. As dat so wied is, gifft se em wedder en Schachtel un wahrschuuut em, he schall 'n jo nich upmaken, ehrer he in'e Hoff vun sin Vadder sin Slott is.

He ja afste'. Man he is noch nich wied kamen, do kriggt em de Nieschier faat. He maakt de Schachtel up un will mal kieken, wat dar in is. In't sülve kümmt dar en ganze feine Perd rut, gau as de Blitz, un is foorts verswunnen. Ja, nu blarr man! Wat nu?

He denkt, dat beste is un gahn wedder t'rügg na de Deern, he is ja noch nich wied af vun ehr Hüsen, un vertellen ehr sin Mallöör. Do gifft sin Helpersche em noch en Schachtel un wahrschuut em nochmal, he schall 'n eerst upmaken, wenn he in'e Hoff vun sin Vadder sin Slott is, un denn schall he 'n mang de Beens holen.

Dütmal maakt he 'n nich up. As he in'e Slottshoff kümmt, sünd sin Bröder al en ganze Tied dar un hebben elk en abasig feine Hingst mitbröcht un sünd dar bannig stolt up. As se Alwin wies warrn, ropen se: „Öh, dar kümmt de Krummpuckel! Man he hett keen Perd!"

„Ik heff wedder en Schachtel, so as dat letzte Mal", seggt Alwin un kriggt sin Schachtel ut'e Tasch.

„Un dar is denn sachs din feine Perd in, wa'?"

„Mag woll."

„Denn maak 'n doch up, dat wi din Muus to seh'n kriegen." Alwin nimmt de Schachtel mang de Beens, maakt 'n up, un foorts sitt he in'e Sadel vun en allmächtig feine Hingst mit en gollne Toom, wild un vull Füer, un de sprütt Funken vun all veer Fööt, ut'e Nüstern un ut'e Ogen.

„Dat is wedder Alwin, de wunnen hett!" röppt de ole König vull Wunnerwarken. Un dat he wunnen hett, is so düütlich, dat sin Bröder dar gar nich an denken un seggen wat gegenan. Man vull Arger ropen se: „Denn man an de drütte Proov! Wat is dat, Vadder?"

„Na denn", seggt de König, „de mi nu de smuckste Prinzessin bringen deit."

Un foorts maken de dree Bröder sik wedder up'e Padd. De beide Öllsten gahn wedder na se's Leevsten, un Alwin geiht wedder na sin geheemnisvulle Helpersch vun'e grote Heid.

„Moin, junge Königssoehn", seggt se, as se em wedder ankamen süht. „Jues Vadder hett ju seggt, sin Kroon geiht an de vun sin dree Soehns, de em de smuckste Prinzessin anbringen deit."

„Ja", seggt he, „un ik kenn gar keen Prinzessin."

„Maakt nix; bliev du man bi mi, bet dat Tied is un stellen di bi din Vadder vör, un verlaat di up mi."

Do blifft Alwin wedder bi sin Helpersch, un as dat so wied is, seggt se: „Hier hest du en Hehn mit en Dook up'e Rügg; dar gah na din Vadder mit, un wahr di, dat du de Hehn un uck dat Dook nich verleer'n deist."

„Man darför heff ik ja noch keen Prinzessin."

„Gah du man afste' mit din Hehn, un för de Rest verlaat di up mi."

Alwin maakt sik ja up'e Weg mit sin Hehn. Man as he dör en düüstere Holt kümmt, neiht 'n em ut, un he kriggt dat Blarrn. Do stahn dar upmal twee Prinzessinnen blangen em, de eene smucker as de anner.

„Wat broelst[1] du för?" fraagt de eene.

„Min Hehn is weg!"

„Wenn't wieder nix is, denn krieg di man wedder in, ik haal 'n di wedder."

---

[1] broelen = heftig weinen (dän. brøle)

Un würklich, up en Teeken vun de Prinzessin kümmt de Hehn wedder un hett uck noch dat Dook up'e Rügg. De smuckere vun de beide Prinzessinnen hett en lütte witte Stock in'e Hand un tickt dar de Hehn mit an, un foorts ward 'n to en feine gollne Kutsch mit söss feine Perde vör. Alwin sülven, as he antickt ward, do markt he, wo sin Puckel upmal weg is, un do is he en staatsche junge Mann in pracht-vulle Prinzentüüg un sitt in'e Kutsch blangen de smuckste vun de beide Prinzessinnen. De anner, de minner smucke, sitt up'e Kutschbuck, hett de Toegels in'e Hand un stüert de Waag. Sodennig fahren se na de König sin Slott. De beide öllste Bröder sünd al dar un stahn an'e Finstern un luern up'e Krumm-puckel, un elk vun se hett en smucke Prinzessin blangen sik, 'nem he bannig stolt up is.

As Alwin in'e Hoff fahrt kümmt mit sin hell strahlen Kutsch un de beide Fruunslüüd, do is dat rein, as wenn de Sünn sülven rinkümmt up ehr Waag. De beide öllere Bröder un se's Prinzessinnen warrn rein blennt, so hell un smuck, as dat allens is; se woe'n meist bassen vör Arger un holen sik de Hänne vör de Ogen. De ole König is eerst leeg to pass we'n un gne-gelig, man nu is he fein toweg' un geiht flink dal in'e Hoff, dat he Alwin un sin Sellschopp willkamen hee-ten will.

„Di kümmt min Kroon to un min Riek, min Soehn Alwin", röppt he. De beide öllere Prinzen un se's Prinzessinnen verkrupen sik vör Schaam un Arger.

Man se moeten ja mit to dat grote Festeten, 'nem de König to tostellen lett un 'nem he de heele Hoff un de Groten vun't Riek to inlaad't.

Bi't Eten deit Alwin sin smucke Prinzessin en Brock

vun elk Gericht, dat ehr vörsett ward, in ehr Schört. As sin Bröder se's Prinzessinnen dat wies warrn, maken se ehr dat na. As se denn naher vun'e Disch upstahn, seggt se, se will geern all de Gäste un uck de Deeners en lütte Geschenk maken. Un denn langt se mit de rechte Hand in ehr Schört, de hollt se sik mit de linke Hand vör de Bost, un elkeen Mal haalt se dar gollne Ringen, Parlen, Demanten un Blöme rut un verdeelt se rundum, un all wunnern se sik un freu'n sik darto.

De beide anner Prinzessinnen woe'n ehr dat uck namaken. Man oha, dar kamen keen gollne Ringen, Parlen, Demanten un fein rüken Blöme vördag, se kriegen dar nix rut ut se's Schörten as dat, wat se dar rin daan hebben, dat heet Fleesch, Wüst, Blootwüst un anner so'n Saken to eten. Se's feine Kleeder sünd ganz smerig vun dat Fett un de Sooß, wat dar vun dallöppt. Dat gifft en grote Larm un lude Lachen, de Hünne un Katten lopen achter se ran un rieten se's Tüüg to Plünnen. Do sehn se to un kamen weg mit se's Leevsten, heel dör'nanner un splitterndull, un se kamen uck nich wedder.

Denn ward Alwin sin Hochtied mit sin smucke Prinzessin fiert, un de ganze Hopphei mit Eten un Danzen un allens duert en heele Maand.

Hans Bang-vör-nix

Dar is mal en junge Bengel we'n, de hett mit sin Mudder in en lütte Kaat an'e Rand vun't Holt wahnt. Al as Kind hett he en Barg Kraasch wiest, un as he in't Mannsöller kamen is, hebben de Lüüd em Hans Bang-vör-nix nöömt, denn he hett ümmer seggt, em kann nix bang' maken: Dat gifft keen lebennige Minsch, 'nem he Manschetten vör hett, denn he meent, he hett Knoev nugg un holen sik uck gegen de stärksten. Un dat liggt em uck nich un regen sik up oever Ünnereerdschen, Spökels un Saken, de een unverwahrens bi Nacht bemöten kann.

En paar Mal hebben sin Navers versöcht un stellen em up'e Proov, man wat se sik uck hebben infallen laten, he hett sik dat nich ankamen laten un is liek up'e leege Spaaßmaker losgahn, un do is de gau ut-neiht.

Mal geiht he avends alleen to Dörps un halen wat Medizin un en Buddel Wien för sin Mudder, de is süük. En paar Bengels in sin Öller hebben sik vör-nahmen, se woe'n mal seh'n, um he sin Naam uck verdeent: Een vun se leggt sik dal en Enne af vun'e Hüser bi en Stegg, 'nem Hans oever weg mutt, wenn he na Huus geiht, denn dat is de körtste Weg, un en anner Stieg is dar nich. Se wickeln de Jung in en witte Laken, un up elker Siet vun em stellen se dree Lichten up as bi en Dode, ehrer he inkuhlt ward.

So een waagt keeneen up't Land un kieken in't Gesicht, man Hans lett sik nich upholen, he geiht wieder na't Stegg to un röppt: „Wenn du meenst, du kannst mi bang' maken, denn hest di sneden! Huul af oder segg, wokeen du büst, anners neih ik di een mit min Knüppel!"

„Nich hau'n, Hans", seggt de namaakte Liek un wickelt sik ut sin witte Liekendook; he is bang' för sin Rügg. „Nich hau'n, ik bün Paul, din Naver, un dat deit mi leed, dat ik di heff en Putz spelen wullt."

Bi lütten hett Hans dar de Snuut vull vun un blieven to Huus un klei'n in'e Schiet, he kriggt Lust un trecken afste' un beleven mal wat. He meent sachs, wenn he in'e Welt treckt, denn kann he mal wiesen, wat he för'n Keerl is, un kann vellicht sin Glück maken.

„Ik will up Reisen, Mudder", seggt he een Dag; „ik heff dat Geföhl, ik hör hier nich her."

„Du büst nich klook", seggt se, „bliev bi mi, denn hest du din Ruh un keeneen kümmt di verdwass. Du weetst doch, en rullen Steen sett keen Muss an."

Nee, seggt he, he hett sik vörnahmen, he will in'e Welt. Bet nu hett noch keeneen vun sik seggen kunnt, dat he em hett bevern sehn, un he gloovt uck nich, dat jichens een em mal bang' maken kann.

Na denn, seggt se, wenn he sik vörnahmen hett un gahn weg ut sin Vadder sin Huus, denn will se em en Raat mit up'e Weg geven. Wenn he sik dar an holen will, denn geiht em nix verdwass: He schall ümmer blots reisen vun wenn de Sünn upgeiht bet wenn de Sünn ünnergeiht, un wenn dat Nacht ward, schall he nie nich versümen un holen an un leggen sik dal.

Hans nimmt sin Mudder in'e Arms – se ward ja weenen, as he weggeiht –, un denn packt he sin paar Kraamstücken up en Esel; vel Gewicht sitt dar ja nich in.

***

He marscheert de heele Dag; as dat Nacht ward, streckt he sik ut nedden in en Graav up en Hupen dröge Bläder, un he ward eerst waak, as he de Vageln fleuten hört in'e Telgens oever sin Kopp.

As de tweete Dag to Enne geiht un he söcht en Stä', 'nem he sik utruh'n kann, un de Sünn verswinnt jüst achter de Böme, do ward he in't letzte Licht en lütte Kapell wies. De is gar nich wied weg, man as he dar ankümmt, is dat doch al Nacht wurrn. Do binnt he sin Esel an en Boom un geiht rin in'e Kapell.

De is heel un deel verfullen, in de Finstern sünd keen Ruten mehr in, un de Dör geiht nich richtig to. Man Hans is nich eegen, un he denkt, dat slöppt sik dar sachs beter as nedden in en Graav oder ünner de Böme.

An en grote Balk, de dar dwars dör de lütte Buu geiht, hebben se dree Keerls uphängt, de se's Fööt langen meist bet dal up'e Eerde, man düüster, as dat is, ward Hans se eerst gar nich wies. He leggt sik dal up en Steenplaat, nimmt sin Rucksack as Koppküssen, leggt sin Knüppel bi sik hen, dat he 'n langen kann, un will slapen.

Man as he jüst bigeiht un maken de Ogen to, do huult de Wind dör de Finstern ahn Ruten un stött de uphängte Keerls een gegen de anner, un dat mit so'n Larm, dar weer woll en Doofe vun upwaakt.

Do steiht Hans up un seggt, he will se woll to Ruh bringen. Un do neiht he dar mang mit sin Knüppel, un een vun de uphängte Keerls fallt dal.

He hört nix mehr un leggt sik wedder dal. Do gifft dat wedder en Windstoot un stött de beide Uphängten, de noch na sünd, an'nanner. Do haut Hans wedder een so dull, dat he dal rullt up'e Del vun'e Kapell.

He leggt sik dat drütte Mal dal un denkt, nu hett he sin Ruh. Man de Wind puustet wedder, un de drütte Uphängte sleit mit'e Fööt an'e Muer.

„Wat, du Schietkeerl", bölkt Hans splitterndull, „du büst nu ganz alleen un kannst liekers keen Ruh geven! Ik stah foorts up un maak dat mit di jüst so as mit din Mackers!"

„Nich hau'n!" seggt de Uphängte, de hett mitmal Verlööv vun'e Himmel un snacken wedder, „hör mi leever to, wenn du en beten Neegstenleev in di hest. Wi sünd hier all dree vun'e Schinner afmurkst wurrn, wiel dat wi de Kirchenschatt klaut hebben. De Kraam is verstaken ünner en Graffsteen nedden in'e Kapell blangen de Wiehwaterketel. Wenn du nugg Kraasch hest un halen dat un bringen dat na de Preester, denn vergifft vellicht tominnst Gott uns dat."

„Is guut", seggt Hans, „wes man ganz ruhig: Foorts morrn fröh gah ik hen un do, wat du seggt hest; un bang' warr ik ümmer noch nich."

He slöppt in Freden, un as dat Dag ward, böhrt he de Steen up, 'nem de klaute Schatt ünner liggt. He bringt de Kraam na de Preester un vertellt em Punkt för Punkt, wat he dar belevt hett.

De Preester freut sik ja bannig, dat he de Schatt wedderkriggt, he hett ja al meent, de weer to'n Düvel, un he verspricht, he will för de Seelen vun de üphängte Keerls beden. He bedankt sik bi Hans Bang-vör-nix un will em belohnen. Hans will dat Geld nich hebben, wat de Preester em anbeeden deit,

man he seggt, he schall em doch man sin Preester-
schaal schenken: Darmit, denkt he, un mit sin Knüp-
pel bruukt he keen Manschetten hebben, nich vör
Düvels un nich vör Minschen.

Sin Stola kann he em nich geven, seggt de Preester;
dat is en hillige Ding, dar dörv een keen Spijöök mit
drieven.

Nee, seggt Hans, darför hett he em dar uck nich um
beden, dat he sik dar oever lustig maken will; he will
dar de Düvel sin Fallen mit afmöten un Tövers to-
nicht maken.

Dat oevertüügt de Preester upletzt, un he gifft Hans
Bang-vör-nix sin Stola, un de verstaut 'n ganz vör-
sichtig un maakt sik wedder up'e Padd.

***

Hans marscheert wedder de heele Dag, un hen to
Avend ward he an't Enne vun en grote Allee en Slott
wies, dat süht richtig fein ut. As he dar up to geiht,
kümmt he na en lüttere Huus, dat is nich wied af
vun dat grote Gebüde. Dar stahn wecke Lüüd an'e
Dör, un Hans fraagt se, um de Lüüd in't Slott em
woll för de Nacht upnehmen doon.

Dat is ja woll en bannig feine Huus, seggen se, man
dar kann keeneen Nacht blieven vun wegen dat Spö-
kels. All, de dat versöcht hebben un slapen dar, sünd
verswunnen oder de neegste Morrn doot we'n.

Wenn em dat recht is, seggt Hans to de, de na de
Baas utsüht, denn will he mal seh'n, um he de Nacht
dar slapen kann. Bet nu, seggt he, kennt he noch
keen Bang', un he meent, he ward dat uck dütmal
nich lehr'n. Man he schall em een vun de grote Sä-

bels lehnen, de he dar an'e Wand hängen süht, dat he sik doch verdeffendeer'n kann, wenn em een to Liev will.

Hans geiht denn ja rin in't Slott un löppt dör en ganze Reeg vun Stuven, man bemöten deit he keen Minsch. Denn kümmt he in'e Koek, dar steiht en eeken Disch mit Broot, Kummen, Schötteln un Tellern up. De Füerstä' is noch so, as dat fröher Moo' we'n is, dar harr sik en Dutz Lüüd an warmen kunnt. Up't Füer ward he en Graap wies, de kaakt, un en Pann, 'nem wat Fleesch in an't Braden is.

He kriggt sik dat Broot un geiht bi un snied'n dat in lütte Stücken, un de deit he in en Kumm. As he denn de Deckel vun'e Graap upmaakt un wat Supp upfüllen will, hört he en groffe Stimm, de seggt: „Füll *veer* Suppen up."

„Wenn ik dar Lust to heff", seggt Hans un lett sik dat gar nich ankamen; „du kunnst geern wat höflicher snacken."

„Na, minetwegen. Wes so guut un maak veer Kummen torecht."

„Geern, aver man blots, wenn I kamen un eten se mit mi tosamen."

Do hört he dat in'e Schosteen gewaltig roetern un kloetern, un he ward en paar Kedenennen wies, de hängen dar dal.

„Sünd I bald ferdig mit jues Radau", röppt Hans. „Smiet de Keden man dal, 'nem I mi de Ennen vun wiesen. Dar koenen I mi nich mit bang' maken."

De Keden fallen mit en grote Krach dal up't Füer, un in't sülvige kamen dar dree Düvels ut desülvige

Schosteen, 'nem anners de Rook aftreckt. Se sünd antrocken as Herren, man blots se's lange Steerten kieken rut ut se's Tüüg.

Dat Eten is ja noch nich gar, seggt een vun se, de hett mal in'e Pann keken; se koenen ja man so lang' Kaarten spelen, bet dat ferdig is, meent he.

De Düvels setten sik an'e Disch, un de jüngste lett een vun sin Kaarten dalfallen.

„Krieg mi mal min Kaart up", seggt he to Hans.

„Dat kunnst woll uck en beten netter seggen; un denn do du dat man sülven: Meenst, ik bün din Knecht?"

As de junge Düvel sik dalbückt un sin Kaart upsammeln will, leggt Hans em fix de Preester sin Stola um'e Hals, un as de anner Düvels dat sehn, neih'n se ut, un se's Macker kann man toseh'n, wodennig he dar wedder rutkümmt.

De lütte Düvel ward nu rumramentern, as wenn he in en Ballig mit Wiehwater sitt, un he seggt to Hans, he schall em doch man blots de dare Schaal afnehmen, de brennt em as en Halsband ut glöhnige Iesen.

„Tjä", seggt Hans, „dar heff ik di mal fein mit fungen, un du hest dacht, du kunnst mi faat kriegen. Segg mal, warum schull ik di de Kaart upkriegen?"

„Ik wull di in en Soot smieten, de is dar ünner de Disch."

„Na, velen Dank; man ik bün nich rachsüchtig, un ik will di woll din Halsband afnehmen, wenn du mit din Bloot en Schrift ünnerschrieven wullt, 'nem du mi düt Slott mit allens, wat dar in is, mit oeverschrieven deist. Un du ünnerschriffst di, dat du nie nich wedder hierher kamen wullt, un uck keen vun din Lüüd."

De junge Düvel maakt sik en lütte Ratsch in'e Arm un stellt Hans foorts en Pergament ut, as sik dat hört. As he de Stola los is, ward he hoppen as so'n Fahlen, dat ut'e Stall kümmt. Un he freut sik sodennig, he wiest Hans noch eerst en lütte Verstek ünner de Trepp, dar is en Tunn vull Goldstücken in.

Hans slöppt de Rest vun'e Nacht heel ruhig. De Herr, de dat Spökelslott tohören deit, gifft Hans Bang-vör-nix en grote Lohn. He will em sogar dar beholen, man na en paar Daag Ruh un Verhalen ward de Jung dat dare fule Leven langwielig, un he maakt sik wedder up'e Reis.

***

Mal kümmt he na en Stadt, dar hebben de Lüüd all swatte Tüüg an un maken heel trurige Gesichter.

Warum se denn all Truertüüg anhebben, fraagt he.

Dar kann cen an seh'n, seggen se, he is dar frömd, anners wurr he weeten, dat morrn dat Beest mit soeven Köppe kümmt un de König sin Dochter up-fritt. Wenn een dat Undeert dootmaken kann un de Prinzessin retten, denn kriggt he ehr to Fruu. Man liekers se smuck is as en Sommerdag, is dar noch keeneen kamen, de ehr hett verdeffendeer'n wullt, denn dat Beest spiggt Füer, dar verbrennt allens vun.

He will dat woll versöken, seggt Hans, denn wat Bangen is, dat weet he ümmer noch nich.

Do bringen se em na de König. As de so'n fixe Keerl vull Kraasch süht, kriggt he al wedder en beten Haap. He gifft Order, dat se sik fein um em kümmern schoe'n, un wenn em dat slumpt, seggt he em to, denn kriggt he sin Dochter to Fruu.

De neegste Morrn ward Hans denn henbröcht na de Stä', 'nem de Prinzessin al sitten deit un weent un up'e Dood luert.

Dat duert nich lang', do süht Hans dat Undeert ansusen kamen, un de soeven Köppe mit de Hoorns an spiegen Flammen. Do nimmt he mit de eene Hand de Preesterschaal, mit de anner treckt he sin Säbel, un denn geiht he driest dat Beest in'e Mööt. Dat Füer brennt em nich en beten vun wegen de Stola, de is ja wieht, un as de soeven Köppe sik strecken un em oeverslucken woe'n, do haut he dar mit een Slag vun sin Säbel veer vun af. Un denn, nich fuul, haut he nochmal to, un dat so fix un akraat, dat de anner dree Köppe blangen de Rump vun dat Beest an'e Grund fallen.

Do kreiht dat Deert foorts af; un as dat fein doot is, snitt Hans 'n de soeven Tungen rut un wickelt se in en Snuuvdook, 'nem de Prinzessin ehr Naam upsteiht. Un de König sin Dochter geiht wedder t'rügg in'e Stadt, un dar freu'n se sik all, dat dat Beest mit de soeven Köppe ehr nich oversluckt hett.

***

As dat Avend ward, is Hans wedder up'e Weg na de Stadt, un he ward an sin Mudder ehr Raat denken, un do leggt he sik dal to slapen, 'nem de Nacht em inhaalt hett. De Dag hett em bannig möö' maakt, un so slöppt he bet lang' na Sünnenupgang. Do kümmt dar en Swulk dicht oever de Eerde anflagen un raakt em mit en Flünkenspitz so'n lütte beten in't Gesicht. Do ward he mit een Slag waak, un dat löppt em so'n beten koold oever de Rügg. As he do de Vagel wies ward, röppt he, bet nu hett he nich wusst, um de Angst Feddern hett oder Haar, man nu kann he seh'n, de hett Feddern.

Dat is dat eenzige Mal in sin Leven we'n, dat he en lütte beten so wat as Bangen markt hett, man dar is he ja uck noch mehr as halv in Slaap we'n, as em dat mallöört is.

He geiht na de Stadt, un as he in de König sin Slott rinkümmt, is dat arig festlich rutputzt, un do kriggt he to hör'n, se woe'n de Prinzessin mit de verheiraden, de ehr rett't hett un de nu blangen de König sitt. Dat is en Keerl, de is dar lang kamen, 'nem dat dode Beest legen hett, hett de soeven Köppe upsammelt un se na de König bröcht. Un denn hett he seggt, he hett dat Undeert dootmaakt.

„Hör mal to", röppt Hans, „de dare Keerl is en Bedröger! Dat gifft doch keen Deert ahn Tung. Kiek man mal na, um dar noch Tungen sünd in'e Snuten vun dat Beest!"

Do seh'n se, de sünd afsneden, un Hans wiest se dat Snuuvdook mit de Prinzessin ehr Naam in, un dar sünd ja uck de soeven blöddige Tungen in.

De König is bannig füünsch up de, de em anscheten hett, un he lett em vun veer Perde in Stücken rieten. He fallt Hans Bang-vör-nix um'e Hals un lett em feine Tüüg antrecken, dat he utseh'n deit as en Prinz. Do heiraad't he de König sin Dochter, un bi dat gifft dat de dullste Hochtied, 'nem dar in't Land

jichens oever snackt wurrn is. De Spoonfarkens heb-
ben ferdig braden un gaar up'e Straten lapen mit
Mess un Gavel in'e Rügg, un de wat hebben wull,
hett sik dar wat vun afsneden. Un ik bün bi dat Eten
mit bi we'n, man do hebben se mi en Foot in'e Mors
geven un hebben mi to Avend rutsmeten.

De Peitenmann

Dar is mal en Mann we'n, en Wittmann mit dree Deerns. Mal seggt sin eene Dochter to em: „Kannst mi mal en Ammer Water vun'e Soot halen, Vadder? Ik heff nich en Drüpp mehr in't Huus, un ik bruuk wat för unse Supp."

„Is guut, min Deern", seggt de Ole. Un he nimmt en Ammer un geiht na de Soot. Jüst as he sik oever dat Water büggt un sin Ammer vullmaken will, springt em en Peit[1] in't Gesicht. Dar sitt 'n nu as fastliemt, un wat he uck upstellt, dat helpt allens nix, he kriggt 'n nich af.

„Du kriggst mi hier nich weg", seggt de Peit, „wenn du mi nich toseggst, dat du mi een vun din Deerns to Fruu geven wullt!"

Do lett he sin Ammer bi de Soot stahn un löppt na Huus.

„Mein Zeit, Vadder, watt hebben se denn mit di maakt?" ropen sin Deerns, as se sin Tostand sehn.

„Och, min arme Deerns, düt Deert is mi in't Gesicht hoppt, jüst as ik Water ut'e Soot nehmen wull, un dat seggt, et will blots denn weggahn, wenn een vun ju inverstahn is un nehmen dat to'n Mann."

„Och du grote Grüttwust! Wat seggst du dar, Vadder", seggt sin öllste Dochter, „en Peit heiraden? Een ward ja al schiet to pass vun't Ankieken!"

Un se dreiht de Kopp weg un geiht na buten. Un de Tweete maakt dat jüst so.

---

[1] Peit = Kröte (dän. padde)

„Na denn, min stackels Vadder", seggt do de Jüngste, „ik bün inverstahn un nehmen 'n to'n Mann, denn dat kann ik nich af un seh'n di in de dare Tostand."

Do fallt de Peit foorts dal. De Hochtied ward för de neegste Dag fastsett.

As de Bruut in'e Kirch rinkümmt mit ehr Peit, is de Preester bannig verbaast, un he seggt, nie un nümmer will he en Christendeern mit en Peit tohopengeven. Man upletzt deit he dat doch, as de Bruutvadder em allens vertellt un uck en Barg Geld toseggt hett.

De Peit bringt sin Bruut denn na sin Slott – ja, ja, he hett en feine Slott! As dat Betttied is, bringt he ehr in sin Kamer, un dar treckt he sin Peitenhuut ut un wiest sik nu as en smucke, junge Prinz. So lang', as de Sünn schient, is he en Peit un bi Nacht en Prinz.

De junge Fruu ehr beide Süstern kamen af un to un besöken ehr, un se wunnern sik, dat se so lustig is; se singt un lacht evenweg.

„Dar stickt jichens wat achter", seggen se sik; „dar moeten wi mal uppassen, dat wi dat rutkriegen."

Mal bi Nacht kamen se ganz sachten an un kieken dör't Sloetellock, un se sünd bannig verbaast, as se dar en junge, smucke Prinz sehn un keen Peit. „Süh mal, süh! So'n feine Prinz! Wenn ik dat wusst harr …", seggen se do.

Un se hören, wo de Prinz to sin Fruu seggt: „Morrn mutt ik verreisen, un ik laat min Peitenhuut to Huus. Pass guut up, dat dar nix mit passeert, denn ik mutt noch een Jahr lang sodennig blieven."

„Fein!" seggen de beide Süstern sik, de dar an'e Dör luustern.

De neegste Morrn reist de Prinz af, so as he dat seggt hett, un sin beide Swiegerschen kamen bi sin Fruu to Besöök.

„Mein Zeit, wat hest du för'n feine Kraam! Wat musst du doch glücklich we'n mit din Peit!" seggen se.

„Ja, wiss doch, min leeve Süstern, ik bün glücklich mit em."

„Wonem is he denn hen?"

„He is up Reisen."

„Wenn du wullt, lütt Süster, kämm ik di de Haar, de sünd so smuck."

„Dat will ik geern, min leeve Süster." Wieldes ehr de Haar kämmt warrn mit en gollne Kamm, slöppt se in. Do nehmen ehr Süstern ehr de Sloeteln ut'e Tasch, halen de Peitenhuut ut't Schapp, 'nem 'n in-slaten is, un smieten 'n in't Füer.

As de junge Fruu wedder waak ward, wunnert se sik, dat se alleen is. En Ogenblick later kümmt ehr Mann an, root vör Raasch.

„O, du Satanswief!" bölkt he. „Du hest daan, wat ik di utdrücklich verbaden harr, un darmit Mallöör oever di un mi bröcht: Du hest min Peitenhuut verbrennt! Nu gah ik weg, un du sühst mi nie nich wedder."

Do ward de stackels Fruu weenen un seggt: „Denn gah ik mit di, eendoont, wonem du hengahn magst."

„Nee, du bliffst hier!" Un he rönnt weg. Un se rönnt achter em ran.

„Bliev dar, segg ik!"

„Ik bliev nich, ik kaam mit."

Un he rönnt ümmer noch. Man wat he uck rennt, se sitt em up'e Hacken. Do smitt he en gollne Ball achter sik. Sin Fruu sammelt 'n up, stickt 'n in'e Tasch un rönnt wieder.

„Scher di na Huus! Scher di na Huus!" bölkt he ümmer wedder.

„Nie nich gah ik na Huus ahn di!"

He smitt noch en gollne Ball. Se sammelt 'n up as de eerste un stickt 'n in'e Tasch. Denn en drütte Ball. Man se sitt em ümmer noch up'e Hacken, un do ward he splitterndull un langt ehr een mit'e Fuust merrn in't Gesicht. Do sprütt' ehr dat Bloot ut'e Näs, un sin Hemd kriggt dar dree Drüppen vun af, de maken dar dree Placken up.

Do blifft de stackels Fruu denn torügg, un bald kann se em nich mehr seh'n, man se röppt em noch achterna: „Moegen de dare dree Blootplacken nie nich rutgahn, bet ik kaam un se rutmaak!"

Liekers geiht se wieder achter em ran. Mal kümmt se in en grote Holt. As se dar up en Stieg ünner de Böme langgeiht, do ward se twee gewaltige Löwen wies, de sitten dar up se's Mors up elkeen Siet vun'e Weg. Do kriggt se dat düchtig mit'e Angst.

„Och!" denkt se, „hier mutt ik nu min Leven laten, denn de beide Löwen freten mi bestimmt up. Man eendoont! Mag Gott mi bistahn!"

Se geiht wieder. As se na de Löwen kümmt, is se bannig verbaast, do leggen de sik dal bi ehr Fööt un licken ehr de Hänne. Dat is so fein, se geiht bi un eit se de Kopp un de Rügg. Denn schechelt se wieder.

Wat later ward se en Haas wies, de sitt dar up sin Mors an'e Wegkant, un as se bi 'n langkümmt, seggt de Haas to ehr: „Sett di man up min Rügg, denn bring ik di rut ut't Holt."

Do sett se sik up'e Haas, un in ganz korte Tied hett 'n ehr rutbröcht vör't Holt. „So", seggt de Haas, ehrer 'n sik afglieden deit, „nu büst du dicht bi dat Slott, 'nem de is, de du söken deist."

„Velen Dank uck, leeve Gottsdeert", seggt de junge Fruu.

Un würklich, dat duert nich lang', do kümmt se in en grote Allee vun ole Eeken, un nich wied vun dar ward se wecke Waschfruuns wies, de sünd bi un waschen in en Diek. Se geiht neeger ran un hört, wo de eene seggt: „O, düt Hemd is ja woll verhext! Sörre twee Jahr versöök ik elkeen Waschdag un kriegen dar de dree Blootplacken rut, man wat ik uck upstell, dar kümmt nix na!"

As unse Reisen dat hört, geiht se hen na de, de sodennig snackt hett, un seggt: „Giff mi dat dare Hemd man mal en Ogenblick; ik gloov, ik krieg de dree Blootplacken dar rut."

Se langen ehr dat Hemd hen, se spütt' up de dree Blootplacken, duukt et in't Water, rifft en beten, un foorts sünd de dree Placken weg.

„Velen, velen Dank uck", seggt de Waschfruu, „unse Herr is ja bi un stellen to to Hochtied, un nu ward he sik bannig freu'n, wenn he süht, de dree Blootplacken sünd rut, denn dat is sin leevste Hemd."

„Ik wull mal seh'n, um dar nich en Deenst is för mi in jues Herr sin Huus."

„Ja, de Deern, de de Schaap wahrt hett, de is letzt afgahn, un dar is noch keen nüe; kumm man mit, denn stell ik di vör."

Do ward se dar annahmen as Schaapwahrersch. Elk-een Dag bringt se ehr Flock in en grote Holt, wat dar rund um't Slott liggen deit, un faken süht se ehr Mann dar spazeern mit de Prinzessin, de sin Fruu warrn schall. Wenn se dat süht, kloppt ehr Hart as dull, man se truut sik nich un seggen wat.

Se hett ja ümmer noch ehr dree gollne Bälle, un faken verdrifft se sik dar de Tied mit, dat se dar mit spelen deit. Mal ward de Prinzessin ehr gollne Bälle wies un seggt to ehr Kamerdeern: „Kiek! Kiek, wat de dare Deern för'n feine Bälle hett! Gah hen un segg, se schall mi dar een vun verkopen."

Do geiht de Kamerdeern hen na de Schäpersche un seggt: „Wat hest du dar för'n feine gollne Bälle, Schä-persche! Wullt du dar nich een vun an min Madam, de Prinzessin verkopen?"

„Nee, min Bälle verkoop ik nich; ik heff ja anners keen Tiedverdriev, so alleen as ik bün."

„Pah! Du büst doch woll nich klook. Kiek doch mal, wo plünnig din Tüüg is. Verkoop een vun din Bälle an min Madam, un se betahlt di en gude Pries, un denn kannst du di orntlich antrecken."

„Gold oder Sülver will ik dar nich för hebben."

„Ja, wat denn?"

„Een Nacht bi din Herr slapen."

„Wat? Du verdreihte Deern, un sowat waagst du un seggen?"

„Dat gifft nix anners up'e Welt, 'nem ik een vun min Bälle för hergeven do."

De Kamerdeern geiht wedder na de Prinzessin.

„Na? Wat hett de Schäpersche seggt?"

„Wat se seggt hett? Dat mag ik gar nich seggen."

„Na, man to, rut darmit!"

„De verdreihte Deern hett seggt, se gifft bloots een vun ehr Bälle weg, wenn se dar een Nacht för bi Jues Mann slapen dörv."

„Nu kiek mal an! Man eendoont, ik mutt een vun de dare Bälle hebben, dat mag kosten, wat dat will. Ik do min Mann bi't Avendeten en Slaapmiddel in'e Wien, denn kriggt he dar gar nix vun mit. Gah hen na ehr un segg, ik bün inverstahn, un bring mi en gollne Ball."

As he to Avend vun'e Disch upsteiht, ward de Herr mitmal so gresig möö', he mutt foorts to Bett. En beten later bringen se de Schäpersche hen na em in sin Kamer. Man wat se em uck mit söte Naams ropen mag, em in'e Arms nimmt, em düchtig schüddelt, he is nich un kriegen waak.

„Och, och!" röppt do de stackels Fruu un ward broelen, „schall denn all min Mars vergevs we'n? Ik heff di doch heiraad't, as du en Peit weerst un keeneen di hebben wull! Un twee lange Jahren heff ik di in Hitten un gresige Küll, bi Regen un Snee un Storm allerwegens söcht un nie nich upgeven. Un nu ik di funnen heff, hörst du mi nich un slöppst as en Steen. Och, wat bün ik doch för'n arme Stackel!" Un se huult un blarrt, man och je! he hört nix.

De neegste Morrn treckt se wedder to Holts mit ehr Schaap, trurig un nadenkern. Na de Middag kümmt so as de Dag vörher de Prinzessin un geiht mit ehr Kamerdeern spazeern. As de Schäpersche ehr kamen süht geiht se wedder bi un spelt mit de beide gollne Bälle, de se noch na hett. Do will de Prinzessin geern noch so'n Ball hebben, dat se en Paar hett, un se seggt to ehr Kamerdeern: „Gah hen un koop mi noch so'n gollne Ball vun de Schäpersche."

De Kamerdeern deit dat, un, ik will 't kort maken, de Hannel ward to desülve Pries afslaten as de Dag vörher: een Nacht bi de Herr vun't Slott in sin Kamer tobringen.

De Prinzessin gifft de Herr bi't Avendeten wedder en Slaapmiddel in sin Wien, un jüst so as de Avend vörher geiht he foorts na't Eten to Bett un slöppt as en Steen. Wat later ward de Schäpersche wedder na em in'e Kamer bröcht, un se ward wedder klagen un blarr'n. Do kümmt dar tofällig en Deener an'e Dör vörbi. He hört dar binnen wat, blifft stahn un luustert. He is bannig verbaast oever dat, wat he dar to hören kriggt, un de neegste Morrn geiht he hen na sin Herr un seggt: „Herr, in düt Slott passeer'n Saken, 'nem I nix vun ahnen, man de I nootwennig weeten schullen."

„Na, wat denn? Snack, gau."

„Vör en paar Daag is hier en arme Fruu up't Slott ankamen, as 't schient recht kloeterig un trurig, un ut Mitleed is se annahmen wurrn an de Schäpersche ehr Stä', de ja letzt afgahn is. Mal, as de Prinzessin mit ehr Kamerdeern in't Holt spazeert is, hett se ehr sehn, wo se mit gollne Bälle spelt hett. Do hett se de dare Bälle geern hebben wullt un hett de Kamer-

106

deern henschickt, se schull se de Schäpersche afko-
pen, eendoont to wat för'n Pries. Man de Schäper-
sche wull keen Gold un keen Sülver nehmen, se wull
för elkeen vun ehr Bälle een Nacht in Jues Kamer
tobringen. Twee Bälle hett se al hergeven un twee
Nachten mit Ju in Jues Kamer verbröcht, man dar
hebben I nix vun markt. Dat deit een rein weh in't
Hart un hören ehr broelen un klagen. Man ik gloov,
se is nich ganz richtig in'e Kopp, denn se snackt all
so'n gediegene Kraam, to'n Bispill, dat se Jues Fruu
we'n is, as I en Peit weer'n, un dat se twee ganze
Jahren lapen is un Ju söcht hett ..."

„Kann dat allens wahr we'n?"

„Ja, Herr, dat is allens wahr. Un wenn I dar nix vun
mitkregen hebben, denn kümmt dat darvun, dat de
Prinzessin Ju bi't Avendeten ümmer en Slaapmiddel
in'e Wien deit, un denn moeten I na't Eten ümmer
foorts to Bett, un denn slapen I fast bet an'e neegste
Morrn."

„Höh, höh! Dar mutt ik ja wull mal uppassen, un
denn gifft dat hier bald wat Anners to seh'n."

De stackels Schäpersche ward vun de Deensten – de
weeten ja, se bringt de Nachten in'e Herr sin Kamer
to – vun de ward se scheef ankeken, un se koenen
ehr nich utstahn. Un de Koeksch gifft ehr nix as
Gassenbroot to eten, so as de Hünne.

De neegste Morrn geiht se wedder to Holts mit ehr
Schaap, un de Prinzessin köfft ehr de drütte gollne
Ball af to desülve Pries as de beide annern, dat se
een Nacht bi de Herr in sin Slaapkamer tobringen
dörv.

As dat Avendbrootstied is, passt de Herr dütmal fein up. Wieldes he mit sin Dischnaver snackt, ward he wies, wo de Prinzessin em wedder en Slaapmiddel in sin Glas deit. He deit, as wenn he nix markt, man statts dat he 'n drinkt, kippt he de Wien ünner de Disch, ahn dat de Prinzessin dat wies ward.

As he vun'e Disch upsteiht, deit he, as wenn he gresig möö' ward, so as de Avenden vörher, un geiht in sin Kamer. Lütt beten later kümmt de Schäpersche uck. Man dütmal slöppt he nich, un foorts, as he ehr süht, fallt he ehr um'e Hals, un se weenen vör Freud un Glück, dat se sik wedderfunnen hebben.

„Gah nu man wedder in din Kamer, min stackels Fruu", seggt he na en Tied to ehr, „un morrn kriggst du hier wat Anners to sehn."

De neegste Dag gifft dat en grote Eten up't Slott, de Dag för de Hochtied schall fastsett warrn. Do sünd dar Königs un Königinnen, Prinzen un Prinzessinnen un en Barg anner Lüüd vun hoge Rang. As dat Eten meist vörbi is, steiht de tokamen Swiegersoehn up un seggt: „Leeve Swiegervadder, ik wull geern mal din Raat hör'n. Dat geiht dar um: Ik heff en smucke lütte Schapp mit en smucke lütte gollne Sloetel. De dare Sloetel is mi wegkamen, un do heff ik mi en nüe een maken laten. Man denn heff ik na korte Tied min eerste Sloetel wedderfunnen, un sodennig heff ik nu ja twee statts een. Wat meenst du, wat för een schall ik nu bruken?"

„Een schall ümmer dat Öller ehren", seggt de tokamen Swiegervadder.

Do geiht de Prinz in en Kabuff blangenan un kümmt na en Ogenblick wedder mit de Schäpersche an'e Hand, eenfach, man ornlich antrocken, stellt ehr de

Sellschop vör un seggt: „So, düt is min eerste Sloetel, dat heet, min eerste Fruu, de heff ik nu wedder-funnen. Se is min Fruu, ik heff ehr ümmer noch leev un ik will nie nich en anner een hebben."

Un do reisen se torügg na se's Land un hebben dar bet an't Enne vun se's Daag glücklich tohopen levt.

So, dat weer dat Märken vun'e Peitenmann. Wat dücht di dar um?

Dree Haar ut de Düvel sin gollne Baart

Düt is passeert vör vele Jahren,
as de Höhner Tähns noch harrn.

Dar is mal een we'n, de hett Matten heeten un is Gaarner we'n an en König sin Hoff. Man he is al en beten öllerhaftig we'n, un darför hett he knapp noch sülven arbeid't, he hett de Upsicht hatt oever de anner Gaarners an'e Hoff. De König hett geern mal en Mundvull mit em snackt, wenn he in'e Gaarn rumspazeert is, un do seggt he een Dag mal to em: „Din Fruu schall ja woll wedder mal wat Lüttes hebben, wa', Matten?

„Ja, Majestät, ik warr nu bald dat sösste Mal Vadder, denn Majestät weet ja, fiev Gören heff ik al. Man een Deel liggt mi böös up'e Maag: Ik weet nich, wonem ik een to Vadderstahn för de sösste herkriegen schall."

„Na, dar maak di man keen Sorgen um. Wenn din Kind dar is, segg mi man Bescheed, denn will ik woll en Vadder för em finnen."

Acht Daag later kümmt Matten denn bi de König an un seggt: „Mi is jüst en sösste Jung baren wurrn, Majestät."

„Na, fein", seggt de König, „denn will ik dar sülven Vadder bi stahn."

De Kinddööp ward fierlich begahn, un de Jung kriggt de Naam Korl. Denn gifft dat en grote Eten in'e König sin Slott. As dat Eten meist to Enne is, hett de ole Gaarner en beten oever de Dörst hatt un is en beten duun, un do steiht he up, böhrt sin vulle Glas tohööcht un seggt: „Up Jues Gesundheit, Majestät, un Gott mag dat geven, dat min nübaarne Soehn un Jues Dochter, de Prinzessin, mal en Paar warrn."

Dat duert man noch en paar Daag, do ward de König würklich en Deern baren.

De König passt dat nich, wat sin Gaarner sik wünscht hett, un he smitt em rut. Do geiht Matten in Deenst bi en grote Herr.

Man nich lang', do ward de König sin ole Gaarner fehlen, un he lett em Bescheed geven, he schall man wedder an'e Hoff kamen, so as vörher.

Matten fehlt uck de feine Gaarns, 'nem he ja sin ganze Leven in tobröcht hett, un kümmt geern wedder t'rügg. De König seggt em to, he will sik dar um kümmern un trecken Korl up, un dar hett Matten uck nix gegen.

Man de ole König hett de doesige Wöör vun'e Gaarner bi dat Eten to Kinddööp nich vergeten, un do will he bitieden Vörpahl slaan, dat dar nix ut warrn kann, wat de Ole sik wünscht hett. Nich lang' do ward Korl utsett up'e See in en Weeg ut Glas un Gott sin Gnaad anbefahlen.

De König luert jüst up sin Wienkoopmann, de schall em Wien bringen. De dare Koopmann kriggt up See de Weeg in Sicht, 'nem de lütte Korl in utsett is. He fischt dat Kind up, un smuck, as dat is, mag he dat lieden un denkt, he will dat na sin Fruu bringen un dat adopteer'n. Un he freut sik so dull un hett dat so hild un wiesen dat sin Fruu, he lett bidreih'n un seilt foorts wedder na Huus.

Sin Fruu freut sik gewaltig to dat Geschenk, dat ehr Mann ehr dar maakt, denn liekers se all lang' verhei-raad't sünd, hebben se sülven keen Kinner. Un sodennig ward Korl uptrucken un ertrucken, as wenn he de Koopmann sin eegne Kind weer. He ward nochmal döfft, denn se sünd bang', dat is noch nich passeert, un as de Tofall dat will, kriggt he nochmal de Naam Korl. He kriggt all Slag'en vun Ünnerricht, un he seggt Vadder un Mudder to de Koopmann un sin Fruu, denn se vertellen em nix oever de Anfang vun sin Leven.

Man wecke Jahren later maakt de König mal en Reis dar hen, 'nem de Wienkoopmann to Huus is. As he Korl to seh'n kriggt, fraagt he de Koopman, um dat sin Soehn is. Do vertellt de Koopmann em, wo he de Jung up hoge See in en Weeg vun Glas funnen, mitnahmen un adopteert hett. Do ward de König dat ja klaar, dat is dat Kind vun sin Gaarner, wat he hett loswarrn wullt. Un do seggt he to de Koopmann, he schall em de Jung doch man oeverlaten, denn kann de laterhen sin Sekretär warrn. Do lett de Koopmann em de Jung, man geern deit he dat nich.

Nu fahrt de König nich foorts wedder na Huus, un do schickt he Korl vörut un gifft em en Breev mit an'e Königin, dar steiht in, se schall de Oeverbringer vun'e Breev foorts, wenn he ankümmt, um'e Eck bringen laten. Un he schrifft uck noch darto, he will uck bald wedder na Huus kamen, man sin Order schall un mutt al utföhrt warrn, ehrer he dar is.

Korl maakt sik denn ja up'e Weg mit de dare Breev un ahnt nich, dat dar sin eegne Doodsordeel insteiht. He blifft Nacht in en Dörp an'e Straat, un dar itt he in en Kroog tosamen mit dree Frömden, dat sünd Stüerindrievers.

Na't Avendeten ward Kaarten spelt. Do verleert Korl all sin Geld un uck noch sin Klock. Denn gahn se to

Bett. De dree Stüerindrievers sünd tohopen in een Kamer, un Korl is in en Kabuff blangen bi. Dar is blots en dünne Brederwand twüschen, un he kann hören, wat se snacken: „De stackels Jung!" seggt een vun se, „he hett all sin Geld verlaren. Wodennig schall he nu sin Zech betahlen un wedder na Huus kamen? Mi deit he leed. Wo weer 't, wenn wi em sin Geld weddergeven?" – „Ja", seggen de anner beiden, „laat uns em man sin Geld weddergeven."

Denn geiht een vun de dree na sin Kamer un will em sin Geld wedderbringen. Do is he deep in Slaap, denn vun't Lopen is he bannig möö'. Up'e Nachtdisch ward de Stüerindriever en versegelte Breev wies, dat is de, de de König an'e Königin schreven hett. Do ward he nieschierig, brickt dat Segel, les't de Breev un is bannig verbaast, wat dar in steiht.

„So'n stackels Jung!" denkt he. „Hett sin Doodsordeel bi sik un weet dar nix vun."

He wiest sin beide Mackers de Breev, un do vertuuschen se 'n mit en anner een, 'nem in steiht, de Königin schall de Jung, de de Breev bringen deit, guut upnehmen un guut we'n to em.

As Korl de neegste Morrn waak ward, sünd de Stüerindrievers al weg. In sin Taschen finnt he sin Geld un sin Klock, un sin Breev liggt uck up'e Disch, 'nem he 'n henleggt hett. He betahlt de Kröger un maakt sik wedder up'e Padd, un dat fallt em gar nich in, dat een de Breev vertuuscht hebben kunn. He geiht un geiht, un toletzt kümmt he na de Königsstadt. Dar geiht he liek na't Slott un gifft de Königin de Breev. Do nimmt se em up, as dat nich beter geiht, lett em mit an ehr Disch eten un nimmt em jüst so as de Prinzessin, ehr Dochter, mit up all ehr Visiten un Spazeergäng'.

Na en Maand kümmt de König na Huus, un he is bannig verbaast un uck bannig füünsch, as he Korl bi sin Fruu un Dochter finnen deit.

„Wat!" seggt he to de Königin. „Denn hest du nich daan, wat ik di in min Breev an't Hart leggt heff?"

„Klaar heff ik dat", seggt se; „hier is din Breev, les 'n man nochmal."

De König les't de Breev, de de Königin em henlangt, un do süht he ja düütlich, he is anscheten wurrn. Man he weet nich, vun wokeen.

Denn ward Korl na't Militär schickt, as eenfache Suldaat. Un he is en Suldaat, as he in't Book steiht. Un do duert dat nich lang', un he is Offzeer. Un in all Slachten un Gefechten wiest he so'n Kraasch un hett gröttere Andeel an'e Sieg as jichens en anner, un do steiht he gau ganz baven, un bi de Suldaten un in'e Stadt ward blots vun em snackt. Do ward de Prinzessin sik in em verkieken un seggt to ehr Vadder, se will em heiraden.

„Nie un nümmer!" seggt de König.

Man denn gifft dat en ganz grote Krieg, un de König is bi un verleern en ganz wichtige Slacht, do kümmt Korl mit sin Suldaten. Foorts dreiht sik de heele Saak, un de König sin Suldaten winnen mit Pauken un Trumpetten, liekers se eerst dicht vör't Verleer'n we'n sünd.

Do fraagt de Prinzessin nochmal ehr Vadder um Verlööv un heiraden de junge Held.

„Vun mi ut geern", seggt de König dütmal, „man ünner een Beding': dat he mi eerst dree Haar ut'e Düvel sin gollne Baart bringt."

„Un wonem schall ik de Düvel söken?" fraagt Korl.

„In'e Höll, verdorig!" seggt de Prinzessin.

„Dat is licht seggt; man wonem geiht dat na de Höll?"

Man liekers maakt he sik vull Gottvertruen up'e Padd.

He is al lang' marscheert un dör en Barg Länner gahn, do kümmt he nedden an en hoge Barg. Dar ward he en ole Fruu wies, de hett Water haalt ut'e Soot in en twei Fatt, dat driggt se up'e Kopp.

„Wonem wullt du denn up dal, Minsch?" fraagt de Oolsch em. „Hier kamen anners keen lebennige Lüüd hen. Ik bün de Düvel sin Mudder."

„Na, denn is dat din Soehn, de ik söök; bring mi doch man hen na em."

„Man, min arme Jung, wenn he di wies ward, murkst he di af oder fritt di up bi lebennige Liev."

„Dat mag denn ja. Man seh doch to, dat ik mit em snacken kann, dat anner seh'n wi ja denn."

„Na, bang' büst du nich, as 't schient. Man segg mal, wat wullt du denn vun min Soehn?"

„De König hett mi sin Dochter toseggt, wenn ik em dree Haar ut'e gollne Baart vun'e Düvel bring. Un ik denk, Grootmudder, du wullt mi doch sachs nich so'n feine Hochtied verpurren um dree Baarthaar."

„Na, denn kumm man mit, denn woe'n wi mal seh'n. Du gefallst mi."

Do geiht Korl mit de Oolsch mit, un se bringt em na en ole, rummelige Slott, dat is heel swatt. As se dar sünd, geiht se bi un backt Pannkoken för ehr Soehn

115

in en Pann, de is grötter as en Moehlsteen. Nich lang', un se hör'n en gresige Larm.

„Dar kümmt min Soehn", seggt de Oolsch; „verkruup di gau ünner min Bett."

Korl verstickt sik ünner't Bett, un do kümmt de Oolsch ehr Soehn uck al rin un röppt: „Ik heff gresige Hunger, Mudder, gresige Hunger!"

„Na, denn itt man, min Soehn; hier sünd feine Pann-koken."

Do geiht he bi un itt Pannkoken, un de verswinnen as nix. As he sodennig en paar Dutz oeversluckt hett, hollt he en Ogenblick up un seggt: „Dat rüükt hier na en Christenminsch, de mutt ik upfreten."

„Du hest een up'e Luuk, min Soehn", seggt de Oolsch. „Itt du din Pannkoken un denk nich an Christenminschen. Du weetst doch, dat hier nie nich wecken herkamen."

Un he prammst noch en paar Dutz Pannkoken rin, denn snuppert he in'e Luft un seggt wedder, he rüükt dar doch en Christenminsch, de mutt he up-freten.

„Laat mi doch tofreden mit din Christenminschen", seggt de Oolsch, „un itt din Pannkoken oder gah to Bett, wenn din Liev vull is."

„Ja, leev lütt Mudder", seggt he wat sachtmödiger, „ik bün möö' un gah to Bett."

Do leggt he sik up't Bett, un en Ogenblick later snorkt he. De Oolsch geiht an em ran un ritt em en Haar ut sin gollne Baart. He kleit sik mal an't Kinn, man he ward nich waak. En beten later ritt de Oolsch em noch en Haar ut un denn noch een. Do ward he upletzt waak, hoppt ut't Bett un seggt: „Ik kann in düt Bett nich slapen, dar sünd to vel Flöh in. Ik slaap in'e Stall."

„Denn gah du man na de Stall, wenn du dat wullt min Soehn; morrn betreck ik dat Bett denn frisch."

Un he geiht na buten un hen na de Stall.

„Nu kumm her, gau!" seggt de Oolsch to Korl. Un se gifft em de dree Haar, de se ehr Sohn ut't Kinn reten hett un seggt: „Hier sünd dree Haar ut'e Düvel sin gollne Baart. Huul gau af mit se, un gah un heiraad de König sin Dochter."

Korl nimmt de dree Haar, bedankt sik un glitt sik foorts af. As he bi de König sin Slott ankümmt, sünd de Königin un ehr Dochter jüst bi un spazeern in'e Gaarn. He geiht hen na se, un as de Prinzessin em wies ward, fraagt se: „Un de dree Haar ut de Düvel sin gollne Baart?"

„Hier sünd se", seggt he un wiest se ehr. Do löppt de Prinzessin foorts hen na ehr Vadder un vertellt em dat. As de König de dree Haar to Gesicht kriggt, kümmt he sodennig in'e Brass, he jaagt sik sülven sin Mess in't Hart un is doot.

„Na, denn gah du man to'n Düvel", seggt Korl, as he dat süht.

Nu is dar denn nix mehr in'e Weg, dat Korl un de Prinzessin Hochtied maken.

Do schrifft he an de Wienkoopmann, he schall foorts henkamen. De kümmt, vertellt de heele Geschicht, un do kriegen se denn all to weeten, dat Korl de ole Slottsgaarner sin Soehn is un de König sin Paten-soehn. Un se stellen uck fast, de ole Gaarner sin

117

Wunsch is Wahrheit wurrn, as he domals to Kinddööp bi't Eten de König todrunken un seggt hett: „Up Jues Gesundheit, Majestät, un Gott mag dat geven, dat Jues Dochter un min Soehn mal en Paar warrn."

Do warrn se denn tohopen geven, un dat gifft en feine Hochtied mit Eten un Danz un Spel vun all Slag'en, un de duert veertein Daag.

Ik bün do de Koeksch we'n; ik heff uck en Brock sammt en Drüpp afkregen, un en Slag mit'e Sleef an'e Snuut, un darna bün ik dar nich wedder hengahn. Man för fiev Daler un en blaue Perd weer ik wedder hengahn; för fiev Daler un en brune Perd weer ik morrn bi acht Daag hengahn.

De Kater un de beide Töverschen

Dar is mal en Deern we'n, klook un smuck, de hett en Steefmudder hatt, de hett ehr nix Gudes wullt. Anni hett de Deern heeten. Ehr Vadder hett ehr leev hatt, man sin Oolsch hett allens daan, wat se kann, för un bringen em darto un moegen ehr nich mehr lieden. Mal geiht se na ehr Süster, dat is en Töversche, un fraagt ehr um Raat, wodennig se Anni loswarrn kann.

„Vertell ehr Vadder doch, se will sik nich schicken", seggt se, „denn smitt he ehr rut."

Man wat he uck an leege Geschichten vun sin Dochter to hören kriggt, de Vadder will dat nich gloven, un do fraagt de Steefmudder ehr Süster nochmal um Raat.

„Na denn", seggt se, „hier hest du en Kook, een vun min Aart, weetst woll, de lettst du ehr eten. So draa as se de up hett, kriggt se en dicke Buuk, as wenn se wat Lüttes hebben schall. Denn mutt ehr Vadder ja gloven, dat sin Dochter sik leeg upföhrt hett, so as du em dat vertellt hest."

Dat Wiefstück geiht na Huus mit de Töversche ehr Kook, gifft 'n Anni un seggt: „Hier, min Deern, itt man düsse Honnigkook, heff ik sülven maakt, extra för di."

Anni nimmt de Kook geern an un itt 'n up, un se freut sik, se denkt, dat is doch mal en Teeken, dat ehr Steefmudder ehr lieden mag. Man en Ogenblick later kriggt se so'n dicke Buuk, elkeen, de ehr süht mutt denken, se schall wat Lüttes hebben. Un de stackels Deern schaamt sik un weet gar nich, wat se darvun denken schall.

„Ik heff di dat ja seggt", seggt de Steefmudder ve-
niensch to de Vadder, „din Dochter hett sik nich so,
as sik dat schickt. Nu kiek man mal, in wat för'n
Tostand se is."

Do stickt de Vadder Anni in en Tunn un sett ehr ut
up See un överlett ehr Gott sin Gnaad. De Tunn
basst an wecke Klippen ut'neen, Anni kümmt dar rut
– passeert is ehr nix – un do is se up en wööste
Eiland, 'nem se ganz alleen is, as 't schient. Do ver-
krüppt se sik in en Höhl in'e Klint. Man wat wun-
nert se sik, as dar en lütte Kamer in is, heel un deel
inricht't mit en Bett, wecke eenfache Toonpütte un
Füer up'e Heerd. Denn mutt dar ja een wahnen,
denkt se; do luert se lang', man dar kümmt keeneen,
un do leggt se sik up't Bett un slöppt in Ruh.

As se de neegste Morrn waak ward, is se ümmer
noch alleen. Do steiht se up un söcht sik wecke
Muscheln mang de Klippen, dat se wat to Fröhstück
hett. Denn löppt se de heele Dag up dat Eiland rum,
man se finnt dar keen Hüsen un uck keen anner
Minsch. To Avend geiht se wedder in ehr Höhl un
slöppt dar wedder in Ruh; un sodennig geiht dat uck
wieder, Dag för Dag.

As de Tied dar is, dat se to liggen kümmt, kriggt se
... en lütte Kater. Dat deit ehr bannig weh un seh'n
dat Deert, wat se to Welt bröcht hett. Man toletzt
finnt se sik dar af mit un seggt: „Wenn Gott dat so
hebben will!" Un se treckt ehr lütte Kater up un
passt 'n, as wenn't en Minschenkind weer.

Mal is se bi un klaagt oever ehr Schicksal un weent;
verdorig, do ward de Kater upmal snacken as en
Minsch un seggt, se schall sik man trösten, he will

120

ehr nu woll passen un darför sorgen, dat ehr dat dar an nix fehlen deit.

Un do nimmt de Kater en Sack, de liggt dar in'e Höhl in'e Eck rum, nimmt 'n up'e Schuller un geiht weg. He löppt oever't heele Eiland, bet he en Slott wies ward, un denn geiht he dar rin. De Lüüd in dat Slott sünd ja heel verbaast un seh'n en Kater up'e Achterbeens lopen un mit en Sack up'e Schuller, as en Minsch. He verlangt Broot un Fleesch un Wien, un se truun sik nich un lehnen dat af, so gediegen dücht se dat. Se maken em sin Sack vull, un he glitt sik wedder af. Vun do an kümmt he alle twee Daag na dat Slott, un elkeen Mal kümmt he wedder mit en vulle Sack, un sodennig fehlt dat sin Mudder an nix dar in ehr Höhl.

Mal kümmt de Slottsherr sin Soehn in en Hauerie, he verleert dar sin Papiern bi un ward inschappt. Up't Slott sünd se all trurig, un as de Kater kümmt as ümmer, fraagt he, wat los is, denn he süht ja, wo trurig un bedröövt se sünd. Do vertell'n se em dat; denn maken se sin Sack vull as ümmer, un he geiht wedder. As he in'e Höhl ankümmt, seggt he to sin Mudder, up't Slott sünd se all trurig un bedröövt. Wat dar denn passeert is, will se weeten.

De junge Herr, seggt he, de is in en Hauerie kamen un hett dar sin Papiern bi tosett un is inschappt wurrn. Man he will de neegste Dag hen na em in sin Kaschott, un denn will he em seggen, wenn he sin Mudder heiraden will, denn so will *he* em sin Papiern wedder herschaffen.

„Wo kannst du denn gloven, dat he jichens mal mi to Fruu nimmt, min Jung?" fraagt se.

„Kann doch angahn", seggt he, „laat mi man maken."

De neegste Dag geiht de Kater denn hen na dat Ka-
schott un seggt, he will mit de junge Herr snacken.
Man de Wächter kriggt sik en Bessen un will em
wegjagen. Do springt de Kater em in't Gesicht un
kleit em en Oog ut. Denn klarrt he an'e Muer to-
hööcht un geiht dör't Finster rin in't Kaschott un
seggt to de Insitter:

„Min leeve Herr, I hebben uns ernährt, min Mudder
un mi, sörre wi up Jues Eiland kamen sünd, un för
de dare Deenst will ik Ju ut dat Kaschott ruthalen
un Jues Papiern wedder beschaffen, wenn I mi toseg-
gen woe'n un heiraden min Mudder."

„Wat?" wunnert sik de junge Herr, „du arme Deert
kannst uck snacken?"

„Ja, ik kann uck snacken, un ik bün nich dat, wat I
meenen. Man segg, woe'n I min Mudder heiraden?"

„Wat, ik, en Christenminsch, schall en Katt frien?
Wo kannst du mi sowat anschünnen woe'n?"

„Heiraad min Mudder, un dat schall Ju nich leed
doon, dat segg ik Ju. I koenen Ju dat bet morrn
oeverleggen, denn kaam ik wedder." Un denn geiht
he.

De neegste Morrn kümmt he wedder mit de junge
Herr sin Papiern. De wiest he em un seggt: „Hier
sünd Jues Papiern. Segg mi to un heiraden min
Mudder, denn gev ik Ju de un sorg dar uck för, dat I
foorts frielaten warrn." De anner seggt em dat to un
kümmt foorts frie.

Nu hett de Kater sin Mudder en Vaddersche, dat is
uck en Töversche, un de weet nipp Bescheed, woden-

nig dat steiht um se. Wieldes de Kater nich dar is, kümmt se hen na ehr un seggt:

„De junge Herr hett sin Papiern ja wedderkregen un hett toseggt, he will di heiraden. Wenn de Kater nu wedderkümmt, nimm en Mess un snie' em foorts de Buuk up, denn ward he stracks to en smucke Prinz, un du sülven warrst to en wunnerbar smucke Prinzessin. Denn heiraad'st du de junge Herr, un ik, ik schick di föftig staatsche Ridders, de schoe'n di to din Hochtied dat Geleit geven."

As de Kater denn wedderkümmt, snitt sin Mudder em de Buuk up. Foorts kümmt dar en smucke Prinz rut ut dat Fell, fein utstaffeert, un sülven ward se to en wunnerbar smucke Prinzessin. De föftig Ridders kamen uck, un en smucke gollne Kutsch kümmt vun'e Heven dal. De Prinz un de Prinzessin stiegen in un begeven sik na't Slott mit de föftig Ridders as Folg.

De junge Herr steiht an't Finster un wunnert sik bannig, as dar so'n Fahrtüüg ankümmt, dat he gar nich kennt. Gau süht he to un kamen dal för un heeten se willkamen. De Prinz kümmt em in'e Mööt mit de Prinzessin an'e Hand un seggt: „Düt is min Mudder, de I heiraden woe'n, as I mi toseggt hebben. Wat dücht Ju so um ehr?"

De junge Herr is heel un deel dör'nanner vun all dat, wat he hört un süht, he verleert rein de Spraak un kann blots noch stamern: „Mein Zeit, wat en smucke Prinzessin! ... Ja, klaar! ... Woso? ... To vel Ehr! ..."

De Hochtied ward foorts fiert. Bi dat Hochtiedseten, wat ganz grootaardig is, hör'n se en feine Musik, man dar is nix to seh'n, en Musik, as een de anners blots int Paradies to hör'n kriggt. Dat is dat Wark vun de junge Fruu ehr Vaddersche, de Töversche, de hett ehr de unsichtbare Muskanten schickt. Un se schenkt ehr uck ehr feine gollne Kutsch un seggt: „Du musst blots *Psiit* maken, un min Töverperde stiegen mit ju in'e Luft un bringen ju hen, wonem du wullt. Man wenn du na din Vadder fahrst, denn wahr di un laat di nich vun din Steefmudder in'e Arm nehmen; vun din Vadder, dar segg ik nix vun, minetwegen so vel, as du wullt."

Se stiegen foorts in'e Kutsch, un de geiht tohööcht oever de Wulken un bringt se liek hen na Anni ehr Vadder. De kennt sin Deern foorts wedder un freut sik un nimmt ehr in'e Arm. De Steefmudder is splitterndull, man se lett sik nix anmarken, dat Aas, un will ehr uck in'e Arm nehmen. Man do röppt de Prinz: „Holt stopp! Du, du nimmst min Mudder nich in'e Arm! Man du scha'st din Lohn hebben so as du dat verdeent hest."

Un do ward dar en grote Füer anfengt, un dar smieten se de Steefmudder, ehr Dochter un uck ehr Süster, de Hex, rin. Un denn ward acht Daag lang fiert mit elkeen Dag Spaaß un Musik, Danz un grote Festeten.

De dree Appelsinas

Dar is mal en König we'n un en Königin, de hebben een Dochter hatt, smuck as de junge Dag un fraam as en Hillige. As se achtein Jahr oold is, ward se krank, so krank, dat de König de klöökste vun all de Dokters in't Land kamen lett.

„Dokter, hier sünd dusend Daler. Du kriggst dat Dubbelte, wenn min Dochter wedder gesund is."

„König, Jues Dochter ward wedder gesund, man ehr Heelmiddel is nich hier. Dat is in't Utland, wied, wied weg, in't Appelsinaland. In dat dare Land gifft dat en feine Gaarn, 'nem dat nie nich sneet oder freert. In de dare feine Gaarn steiht en Appelsinaboom, ganz witt vun Blöten, 'nem soevenhunnert wille Nachtigallen up singen bi Dag un bi Nacht. An de dare Appelsinaboom hängen negen Appelsinas, root as Gold. König, schick dar en junge Bengel hen, de dar vun plöcken deit un dar dree vun herbringt. Wenn Jues Dochter dar de eerste vun eten hett, ward se upstahn ut't Bett. Wenn Jues Dochter dar de tweete vun eten hett, ward se smucker un beter toweg' we'n as jichens vörher. Un wenn se dar de drütte vun up hett, ward se seggen: ‚Ik heff nich Ruh un nich Freden, ehrer ik mit de Jung verheiraad't bün, de mi de dare dree Appelsinas bröcht hett'."

Do lett de König dat dreemal up'e Dag in't heele Land uttrummeln: „Ram tam tam, ram tam tam, ram tam tam. De König sin Dochter is bannig krank. För un warrn wedder gesund, mutt se dree Appelsinas eten. Man de dree Appelsinas sünd in't Utland. De Jung, de se hierher haalt, kriggt de König sin Dochter to Fruu."

To de Tied hett in ehr feine lütte Huus en Wittfruu wahnt mit ehr dree Jungs. De beide öllsten sünd Doegnixen we'n, Suupbütten, Spelers. De sünd nichmal dat Tau weert we'n för un warrn uphängt. Man de letzte hett all Lüüd deent. He is fraam we'n un flietig un plietsch un hett Knoev un Kraasch hatt as man een.

„Mudder", seggt de Öllste, „du hest ja hört, wat de Trummler utrapen hett. Giff mi en Korv. Ik will na't Appelsinaland. Wenn ik wedderkaam, heiraad ik de König sin Dochter."

De Öllste maakt sik up'e Padd. Soeven Wuchen marscheert he vun wenn dat morrns schummert bet Middernacht. Toletzt kümmt he na't Appelsinaland. In dat dare Land gifft dat en feine Gaarn, 'nem dat nie nich sneet oder freert. In de dare feine Gaarn steiht en Appelsinaboom, ganz witt vun Blöten, 'nem soevenhunnert wille Nachtigallen bi Dag un bi Nacht up singen. An de dare Appelsinaboom hängen negen Appelsinas, root as Gold.

De Öllste plöckt dree Appelsinas, root as Gold, leggt se in sin Korv un glitt sik wedder af. An't Enne vun sin Reis will he sik en beten utruhn ünner en grote Boom blangen en klare Born. An de dare Born sitt en Fruunsminsch, swatt as Sott un oold as de Woold.

„Min Jung, wat hest du dar in din Korv?"

„Oolsch, dar heff ik dree Peiten[1] in."

„Denn schoe'n 't uck dree Peiten we'n."

---

[1] Peit = Kröte (dän. padde)

Ehrer de Sünn dalgeiht, kümmt de Öllste na de König sin Slott.

„König, hier sünd de dree Appelsinas. Nu giff mi Jues Dochter to Fruu."

Gau maakt de König de Korv up.

„Du utverschaamte Bengel, dat sünd ja dree Peiten! Schinner, nimm dat dare Stück Schiet, un denn foorts uphängen!" De Schinner deit, wat em heeten is.

De neegste Morrn seggt de Tweete to sin Mudder: „Mudder, du hest ja hört, wat de Trummler utrapen hett. Giff mi en Korv. Ik will na't Appelsinaland. Wenn ik wedderkaam, heiraad ik de König sin Dochter."

De Tweete maakt sik up'e Padd. Soeven Wuchen marscheert he vun wenn dat morrns schummert bet Middernacht. Toletzt kümmt he na't Appelsinaland. In dat dare Land gifft dat en feine Gaarn, 'nem dat nie nich sneet oder freert. In de dare feine Gaarn steiht en Appelsinaboom, ganz witt vun Blöten, 'nem soevenhunnert wille Nachtigallen bi Dag un bi Nacht up singen. An de dare Appelsinaboom hängen negen Appelsinas, root as Gold.

De Tweete plöckt dree Appelsinas, root as Gold, leggt se in sin Korv un glitt sik wedder af. An't Enne vun sin Reis will he sik en beten utruhn ünner en grote Boom blangen en klare Born. An de dare Born sitt en Fruunsminsch, swatt as Sott un oold as de Woold.

„Min Jung, wat hest du dar in din Korv?"

„Dar heff ik dree Addern in."

„Denn schoe'n 't uck dree Addern we'n."

Ehrer de Sünn dalgeiht, kümmt de Tweete na de König sin Slott.

„König, hier sünd de dree Appelsinas. Nu giff mi Jues Dochter to Fruu."

Gau maakt de König de Korv up.

„Du utverschaamte Bengel, dat sünd ja dree Addern! Schinner, nimm dat dare Stück Schiet, un denn foorts uphängen!" De Schinner deit, wat em heeten is.

De neegste Morrn seggt de Jüngste vun de dree Jungs to sin Mudder: „Mudder, du hest ja hört, wat de Trummler utrapen hett. Giff mi en Korv. Ik will na't Appelsinaland. Wenn ik wedderkaam, kriggst du uck wat Geld"

De Jüngste maakt sik up'e Padd. Soeven Wuchen marscheert he vun wenn dat morrns schummert bet Middernacht. Toletzt kümmt he na't Appelsinaland. In dat dare Land gifft dat en feine Gaarn, 'nem dat nie nich sneet oder freert. In de dare feine Gaarn steiht en Appelsinaboom, ganz witt vun Blöten, 'nem soevenhunnert wille Nachtigallen bi Dag un bi Nacht up singen. An de dare Appelsinaboom hängen negen Appelsinas, root as Gold.

De Jüngste plöckt dree Appelsinas, root as Gold, leggt se in sin Korv un glitt sik wedder af. An't Enne vun sin Reis will he sik en beten utruhn ünner en grote Boom blangen en klare Born. An de dare Born sitt en Fruunsminsch, swatt as Sott un oold as de Woold.

„Min Jung, wat hest du dar in din Korv?"

„Leeve Fruu, dar heff ik dree Appelsinas in."

„Denn schoe'n 't uck dree Appelsinas we'n. Min Jung, maak mi doch even min Kruuk vull ut'e klare Born."

„Ja, geern, leeve Fruu."

„Velen Dank, min Jung. Segg mal, wat wullt du mit de dare dree Appelsinas?"

„Leeve Fruu, de will ik na de König bringen, dat sin Dochter wedder gesund ward. De König hett seggt, de ehr de Appelsinas bringt, schall ehr to Fruu hebben. Man ik bün ja vel to arm för un heiraden en Prinzessin. Vellicht gifft de König mi denn en beten Geld för min ole Mudder, de kann nich mehr arbeiden."

„Min Jung, du kriggst de König sin Dochter to Fruu. Man du büst noch nich dörch mit de Maleschen. Hör to. Eerstmal ward de König di updrägen, du scha'st all de Fleegen ut't Land wegjagen. Hier, nimm düsse Pietsch. Wenn se de blots knallen hör'n, hau'n all de Fleegen up soeven Mielen rundum af un kamen nie nich wedder. Denn ward de König di updrägen, du scha'st en heele Wuch lang up't Feld dreehunnert Hasen wahren un elkeen Avend, wenn de Sünn dalgeiht, in'e Stall drieven. Hier, nimm düsse lütte sülverne Fleut. Du musst blots fleuten, denn kamen de dreehunnert Hasen foorts vun all Sieden an un lopen achter di her as de Hünne. Un denn ward de König een vun de dare Hasen vun di verlangen. Giff em de, man ünner een Bedingen. Hier hest du en gollne Ring. Un denn seggst du to de König, he schall sik sin Haas utsöken, man darför wullt du düsse Ring

an sin Dochter ehr Finger steken. So draa dat pas-
seert is, ward de gollne Ring eens mit dat Fleesch un
snerpt[1] de Finger so dull, dat de König sin Dochter
bölken ward: ‚Vadder, ik gah doot, wenn du mi nich
mit de Jung verheiraadst, de mi de dree Appelsinas
bröcht hett'.“

„Leeve Fruu, dat will ik allens doon.“

De Jung seggt de ole Fruu adjüs un maakt sik up'e
Padd. Ehrer de Sünn dalgeiht, kümmt he na de Kö-
nig sin Slott.

„Gu'n Avend, König. Hier sünd de dree Appelsinas.“

Gau maakt de König de Korv up.

„Velen Dank, min Fründ. Dat sünd ja würklich dree
Appelsinas.“

Foorts, as sin Dochter de eerste upeten hett, steiht
se up ut't Bett. Se itt de tweete, un do is se noch
smucker un beter toweg' as jichens vörher. Se itt de
drütte un seggt: „Ik heff nich Ruh un nich Freden,
ehrer ik mit de Jung verheiraad't bün, de mi de dare
dree Appelsinas bröcht hett.“

De König kickt de Jung wat scheef an.

„Jung, du kriggst min Dochter blots, wenn du all de
Fleegen ut't Land jagen deist.“

„König, dat will ik doon.“

De Jung kriggt sin Pietsch faat. As se de blots knal-
len hör'n, hau'n all de Fleegen up soeven Mielen
rundum af un kamen nie nich wedder. As de Sünn

---

[1] snerpen = einschnüren (dän. snerpe)

dalgeiht is dar nich een Fleeg mehr na in't heele Land.

„König, ik heff daan, wat mi heeten weer."

De König kickt de Jung wat scheef an.

„Jung, du kriggst min Dochter blots, wenn du en heele Wuch lang up't Feld dreehunnert Hasen wahren un elkeen Avend, wenn de Sünn dalgeiht, in'e Stall drieven deist."

„König, dat will ik doon."

De Jung nimmt sin sülverne Fleut un geiht hen un wahrt en heele Wuch lang up't Feld dreehunnert Hasen. Elkeen Avend, wenn de Sünn dalgeiht, fleutet he. Foorts kamen de dreehunnert Hasen vun all Sieden anlapen un gahn as de Hünne achter em na de Stall.

„König, ik heff daan, wat ik schull."

„Jung, giff mi een vun din Hasen."

„König, söök Ju en Haas ut. Man darför verlang ik, dat ik düsse Goldring an Jues Dochter ehr Finger steken dörv."

„Jung, wenn du dat wullt, denn do dat."

Do stickt de Jung de Goldring de König sin Dochter an'e Finger. Knapp is dat daan, do ward de Ring eens mit dat Fleesch un snerpt de Finger so dull, dat de König sin Dochter bölken ward: „Vadder, ik gah doot, wenn du mi nich mit de Jung verheiraadst, de mi de dree Appelsinas bröcht hett!"

„Min Deern, morrn schall de Hochtied we'n."

Foorts hollt de Ring up un snerpen, un de König sin Dochter hollt sik still.

De neegste Dag hebben se denn Hochtied maakt, un dat Paar hett lang un glücklich levt.

De Hoppetutsenfee

Dar is mal en arme Wittfruu we'n, de hett alleen mit ehr Soehn in en rummelige Kaat ganz dicht an'e Kant vun en grote Holt wahnt. De arme Fruu harr ehr Soehn geern mit de anner Kinner in sin Öller to School schickt, man so ring, as ehr dat geiht, kann se sik dat nich leisten. Se mutt em elkeen Dag, de de leeve Gott warrn lett, to Holts schicken, dat he dar in't Kratt un mang de Büsche en Bünnel Buschholt haalt. Dat Holt, wat ehr Soehn Willem denn na Huus bringt, ward in twee Deele deelt: De gröttere Deel ward an'e rieke Lüüd in't Dörp verköfft, un de lütte Twiegen un de fiene Sprock blieven in't Huus, in'e Sommer för un kriegen de Graap to kaken un in'e Winter för un kriegen de Kaat warm.

Mal is de Jung to Holts gahn so as ümmer. He hett allerhand dode Holt sammelt, un sin Bünnel is al düchtig groot, do hört he up'e Stieg, de dar lang geiht, wat schrien, nich luut, man liekers grell.

„Wat is dat denn?" denkt Willem. „Is dar jichens en stackels Deert in Gefahr?"

Un foorts löppt de Jung hen na de Stieg. Do is dar en grote Voss, de hett sik en nüdliche lütte, gröne Hoppetuuts[1] grepen un will 'n jüst oeverslucken, as Willem upduukt. De Jung is nich bang', he geiht up'e Voss dal, un de mutt de gröne Hoppetuuts loslaten.

„Oh, wat en nüdliche Deert!" röppt de Wittfruu ehr Soehn. „De nehm ik mit na Huus."

---

[1] Hoppetuuts = Frosch

He nimmt de Hoppetuuts vörsichtig faat un stickt 'n in'e Tasch. Denn nimmt he sin Holtbünnel up'e Nack un geiht na Huus.

„Mudder, kiek mal, wat ik in't Holt för'n smucke Hoppetuuts funnen heff. De do ik in en grote Glas mit Water, wenn ik dörv."

„Wat wullt du denn mit de dare Hoppetuuts, Willem? So wecken finnst du doch allerwegens in't Holt."

„Dat is woll wahr, man dat weer denn ja nich düsse." Un de Jung vertellt, wodennig he de Hoppetuuts rett't hett.

„Na guut, denn behol 'n. Man du musst 'n guut passen. Du scha'st 'n nich hier beholen un denn doot gahn laten, dat weer nich recht."

Vun de Dag an kümmt de Wollstand in de Wittfruu ehr Huus. Eerst finnt se en grote Büdel mit Geld in ehr Schapp, un se kann sik gar nich denken, wokeen de dar henleggt hett. Un denn fallt ehr noch en Arv-schopp to, un sodennig kann se nu ehr Soehn na de Dörpsschool schicken, un denn na de in'e Stadt. Un nich lang', do hett de Jung en Barg lehrt, so vel, dat he up Reisen dör Düütschland un Frankriek keeneen bemöten deit, de so vel weet as he. Sien Mudder freut sik dar to, dat lett sik ja denken, un faken seggt se to ehr Naverschen in't Dörp, de Grund för se's Glück mutt de dare gröne Hoppetuuts we'n, de ehr Soehn ut't Holt mitbröcht hett.

Darum mag se de lütte Hoppetuuts uck geern lieden un passt 'n ümmer fein.

Denn kümmt de junge Gelehrte een schöne Dag t'rügg vun sin Reis. Eerst nimmt he sin Mudder in'e Arm, denn will he de gröne Hoppetuuts seh'n.

„Du söte, lütte Deert", seggt he, „ik dank di för allens, wat du för min Mudder un mi daan hest. Vun nu an scha'st du up'e Ehrenplatz sitten un mit uns eten."

Do ward de Hoppetuuts hoppen un danzen, as wenn 'n verstahn harr, wat Willem seggt hett. Denn, as dat Eten up'e Disch steiht, kümmt 'n rut ut sin Glas un sett sik up'e Lehnstohl, de 'n todacht is.

Man do ward de Hoppetuuts upmal to en wunnerbar smucke junge Deern mit grote blaue Ogen un lange gele Haar, de ehr oever de Schullern fallen. In sin Leven hett de junge Gelehrte nich so vel Vullkamenheit an een Minschendeern to sehn kregen. Na en Ogenblick seggt de dare wunnerbare Deern: „Ik bün een vun de Fee'n vun't Holt. Ik bün di faken wies wurrn, wenn du dode Holt sammelt hest in Kratt un Büsche, un heff din Kraasch un din Fliet bewunnert. Ik wull di wat Gudes doon, un darum heff ik mi to en Hoppetuuts maakt, ik wull din Hart up'e Proov stellen. De Proov hest du fein bestahn, un du hest dat allens verdeent, wat ik för di un din Mudder daan heff. Denn ik bün dat we'n, de de Geldbüdel in't Schapp leggt hett, un ik heff ju uck dat Geld schickt, dat ju as Arv vun en dode Vörfahr tokamen is. Un ik heff di uck de Klook un de Plie geven. Nu will ik di um een Deel beden: Ik heff di leev, wullt du mi heiraden?"

„Smucke Fee", seggt he, „wiss wull ik Ju geern to Fruu nehmen, man wi hebben unse lütte Vermoegen för min Studeern un min Reisen utgeven, dar is meist nix mehr vun na. Un ik wull Ju ja nich geern unglücklich maken."

„Anners nix, wat di Sorgen maakt? Denn kiek mal, wat ik kann!"

Un do nimmt de Fee en Handvull Perdebohnen, de stahn dar blangen ehr in en Büdel, un maakt se to feine nüe Goldstücken. Do is de Saak klaar för de junge Gelehrte, un acht Daag later maken se Hochtied in'e Kirch nedden in't Dörp.

Man wat is he verbaast, as se vun'e Kirch torüggkamen, un dar, 'nem he morrns ut de lütte Kaat weggahn is, steiht upmal en feine Slott. Dat is wedder de Fee we'n, nu sin Fruu, de hett mit ehr Macht in so'n korte Tied de dare prächtige Palast upstahn laten. Un dar hett se denn lange Jahren glücklich mit ehr Mann levt.

De Möller un de Grundherr

Dar is mal en Möller we'n, de hett veer Jahr lang nich to Micheeli sin Pacht an'e Grundherr betahlt. He is to arm we'n.

Mal kümmt de Herr vun'e Jagd torügg un is bannig verdreetlich, denn he hett nix drapen. Do schütt he na de Möller sin Koh, de steiht dar an'e Weg, un schütt 'n doot. De Möller sin Fruu kümmt dar oever- to, un do löppt se na Huus un röppt heel vertwiefelt: „Och! Och! Nu sünd wi richtig in'e Grütt! Unse Herr hett unse Koh dootschaten!"

De Möller seggt nix, man he is bannig in'e Brass. Bi Nacht fellt he sin Koh af un maakt sik denn up'e Weg to Stadt, dar will he dat Fell verkopen.

Nu is dat en lange Weg, un he will geern al fröh morrns in'e Stadt we'n, un do geiht he so wat bi Middernacht vun to Huus los. He kümmt an en Holt, 'nem de Lüüd vun vertellen, dar sünd wecke leege Rövers in, un do kriggt he dat mit'e Angst un klarrt up en Boom, dar will he töven, bet dat Dag ward.

Nich lang', do kümmt dar würklich en Röverbann an ünner de dare Boom, se woe'n dar se's Geld deelen. Un do gifft dat Striet un Larm, se koenen sik nich eenig warrn.

„Mein Zeit, wenn ik dat dare Geld harr!" denkt de Möller. Un do kriggt he sin Kohfell un smitt dat dal mang se, dat he se bang' maken will. As de Rövers de Hoorns sehn un dat dare swatte Fell – dat is en swatte Koh we'n –, do meenen se, dat is de Düvel, de is kamen un will se halen. Un do neih'n se ut, hier hen un dar hen, un se's Geld laten se liggen.

„O Mann, dat hett klappt!" freut de Möller sik.

Un do klarrt he dal vun sin Boom, sammelt all dat Geld tohopen in sin Kohfell un löppt dar na Huus mit. Sin Fruu un he gahn denn bi un tellen, bet dat Dag ward, man se kriegen dar keen Enne up, dat is eenfach to vel Geld!

De neegste Morrn schickt de Möller sin Fruu na se's Herr, se schall em um dat Schepelmaat fragen, dat se dat Geld meten koenen. Do geiht se denn hen un fraagt um dat Schepelmaat.

„Wat woe'n I denn mit dat Schepelmaat?" will de Herr weeten.

„Geld meten, Herr."

„Geld meten! I woe'n mi woll up'e Arm nehmen?"

„Nee, nee, leeve Herr, dat is wahr. Kumm mit, denn koenen I dat sülven seh'n."

Do geiht de Herr denn mit ehr mit. As he de Möller sin Disch süht, vull vun Dalers, is he bannig verbaast un fraagt, wonem denn all dat dare Geld her kümmt.

„Dat heff ik för dat Fell vun min Koh kregen, Herr, dat heff ik in'e Stadt verköfft."

„Dat Fell vun din Koh! Denn sünd Kohfellen upstunns woll bannig düer!"

„Ja, dat sünd se würklich, Herr, un I hebben mi en grote Gefallen daan un schöten min Koh doot."

Do de Herr ja foorts na Huus un lett all sin Köh dootmaken un affellen. De neegste Morrn schickt he denn en Knecht to Stadt mit de Fellen – dat sünd so vel, he mutt se up en Perd laden –, un he seggt, he schall een Schepel Geld verlangen för elkeen Fell.

Do de Knecht ja to Stadt mit de Fellen.

„De Fellen – wo vel dat Stück?" fraagt en Garver.

„Een Schepel Geld!"

„Kumm, kumm, snack hier keen Dummtüüg! Wo vel dat Stück?"

„Heff ik doch seggt: een Schepel Geld."

Un all kriegen se datsülve to hör'n. Do warrn de Garvers dull, de Knecht ward gewaltig vertagelt un up't Plaaster smeten, un denn nehmen se em uck noch sin Fellen af.

As he na Huus kümmt: „Wonem is dat Geld?" fraagt de Herr.

„Och, ja, dat Geld ... Ik heff nix kregen as Fööt in'e Mors un Slääg mit'e Knüppel, min stackels Liev is heel un deel toschannen."

„De verdreihte Möller hett mi anscheten!" bölkt do de Herr, splitterndull. „Man dat schall he nich för nix daan hebben, dat kriggt he wedder!"

De Möller stellt to to en lütte Festeten vun de Koh, de em dootschaten is, un do seggt he to sin Fruu, se schall dar uck de Herr to inladen.

De Möllersch geiht ja hen un laad't em in.

„Wo kannst du 't wagen un kamen in min Huus un maken di lustig oever mi!"

„Mein Zeit, min beste Herr, ik mi oever Ju lustig maken? Dat wurr ik ja nie nich wagen, un min Mann uck nich!"

„Na, ik kaam, un denn warr ik mal mit de Möller snacken! He meent ja woll, he is wat Beteres as ik?"

Do kümmt de Herr denn na de Moehl to eten. Dat gifft Gulasch un braane Speck un Spittbraden, Beer un sogar Wien! As se bi lütten ferdig sünd mit Eten un de Köppe sünd al en beten warm, do seggt de Möller to de Grundherr: „Wi weeten ja all, Herr, dat I bannig plietsch sünd. Un doch will ik wetten, dat I nich namaken koenen, wat ik glieks do."

„Un wat is dat?"

„Min Fruu dootmaken, hier vör Jues Ogen, un ehr denn wedder lebennig maken, wenn ik up de dare Vigelin spelen do."

„Dar sett ik twintig Daler up, dat du dat nich deist!"

„Twintig Daler dargegen, dat ik dat do!"

„Na, denn woe'n wi mal seh'n", seggen se all, as de Herr de Wett holen deit.

Un do kriggt de Möller sik en Mess, kriggt sin Fruu faat un deit, as wenn he ehr de Hals afsnitt. Man he snitt blots in en Darm vull Bloot, de hett he ehr vörher um'e Hals bummelt. De Herr weet dar ja nix vun, jüst so as de annern, un em ward ganz anners, as he dat Bloot lopen süht. De Fruu fallt dal, as wenn se ganz doot is. Do kriggt de Möller sin Vigelin her un geiht bi un spelen. Un foorts ward de Fruu upstahn un danzen as mall. Un de Herr kickt blots to mit apen Muul.

„Laat mi din Vigelin kriegen", seggt he to de Möller, „denn kriggst du de Moehl för twee Jahr pachtfrie."

Do ward de Hannel afslaten, un de Herr löppt na Huus mit sin Vigelin un is heel tofreden.

„Min Oolsch", denkt he ünnerwegens, „ward mi al en beten oold, un wenn ik ehr wat jünger maken kann ..."

As he na Huus kümmt, liggt sin Fruu in't Bett un slöppt.

„Fein!" denkt he. „Denn kriggt se dar gar nix vun mit."

He kriggt sik en Mess ut'e Koek un snitt sin Fruu de Hals dör. Un denn ja bi un spelen up sin Vigelin. Man he kann fiedeln so vel, as he will, de stackels Fruu danzt nich un roegt sik nich. Se is doot un blifft doot.

„De dare Doeskopp vun Möller!" denkt he. „Lett mi min Fruu afmurksen, un nu kann ik up'e Vigelin spelen, dar kümmt keen Leven wedder in ehr! He mutt jichens wat vergeten hebben un vertellen mi. Ik will man gau hen, dat ik dat to weeten krieg."

He ja hen na de Moehl. As he dar ankümmt, steiht de Möller in Hemdsmau'n mit en Swep in'e Hand merrn up'e Hoff un pietscht en grote Ketel, 'nem dat Water in kaken deit. (He hett 'n jüst vun't Füer nahmen.) Do gluupt de Herr de Möller an mit apen Muul un denkt gar nich mehr an sin Fruu.

„Wat maakst du denn dar, Möller?

„Ik kaak Supp, Herr. Kumm gau her un kiek, wo 'n kaakt."

De Herr geiht hen, kickt in'e Ketel un seggt: „Ja, dat is würklich wahr! Un dat maakst du mit din Swep, dat 'n sodennig kaakt?"

„Wiss doch, Herr; dat Holt is ja so düer, dat kann ik mi nich leisten."

„Dar hest du recht in. Laat mi din Swep kriegen, un ik gev di de Moehl nochmal twee Jahr pachtfrie."

„Na ja, wiel I dat sünd, Herr, hier." Un de Herr geiht wedder na Huus mit de Swep, un denn oeverleggt he: „Nu laat ik all dat Holt up min Land afhau'n, dar krieg ik en Barg Geld för …"

Un do verköfft he all dat Holt vun sin Land …

„Herr! Ik heff nich een Stück Holt mehr, nich mal Pinnholt. Wodennig schall ik nu dat Eten kaken?" fraagt de Koeksch een Sünnavendavend.

„Dar weet ik al Raat för, Koeksch, dar maak di man keen Sorgen um."

De neegste Morrn – dat is ja Sünndag – seggt de Herr to all sin Lüüd in't Huus, Knechten un Deerns, se schoe'n man to Kirch gahn, bet up Grote Hans, sin boeverste Knecht, de schall mit em to Huus blieven.

„Un dat Middag, wokeen kaakt dat?" fraagt de Koeksch.

„Dar maak du di man keen Sorgen um, un gah all to Kirch, as ik dat seggt heff."

Do glieden se sik denn all af to Dörps. Denn seggt de Herr to Grote Hans, he schall de grote Ketel merrn up'e Hoff stellen un vull Water maken. Denn deit he dar Speck rin und Soltfleesch, Kohl, Wuddeln, Solt, Peper – kort seggt, allens, wat to en gude Supp tohör'n deit. Denn treckt he sik de West ut, nimmt de Möller sin Swep – un denn dat up de dare Ketel dal! Man he kann pietschen so vel, as he will, dat Water blifft koolt.

„Wat schall dat, Herr?" fraagt Grote Hans heel verbaast.

„Hol 't Muul, du Doeskopp, dat kriggst du ja glieks to seh'n!"

Un denn wedder bi un pietschen all, wat he kann. Af un to stickt he mal de Finger in'e Ketel; man dat Water is ümmer noch koolt! Toletzt is he ganz af, do hollt he up un seggt: „Ik bün würklich bang', de dare Möller maakt sik lustig oever mi!"

„Ja, dat deit he ganz bestimmt, Herr", seggt Grote Hans.

„Man nu langt mi dat! Darför schall he nu doot!"

„Na, Herr, em düchtig vertageln mit Jues Swep, dat langt doch uck, dücht mi."

„Nix, nix, he schall doot! Sik oever mi lustig maken! Kumm gau mit na de Moehl, un nimm en Sack mit, denn steken wi em in'e Sack un smieten em in'e Diek un versupen em!"

Grote Hans hängt sik en leddige Sack oever de Schuller, un denn gahn de beiden na de Moehl.

De stackels Möller ward in'e Sack staken un up sin eegne Esel laden, un denn man afste' na de Diek, de is en Enne weg. Ünnerwegens seh'n se up'e Straat en Koopmann ankamen, de is up'e Weg to Markt in'e Stadt mit en Waag vull beladen mit Waren. Do kriggt de Herr dat mit de Angst.

„Kumm, wi versteken uns achter de Barg", seggt he, „bet de dare Koopmann weg is."

Do gahn se oever de Graav up't Feld, un de Möller in sin Sack stellen se gegen de Anbarg an'e Wegkant. As de Koopmann sin Waag bi em lang kümmt, un he hört de Perde trappen, do ward he bölken: „Nee, ik nehm ehr nich! Ik nehm ehr nich!"

Heel verbaast geiht de Koopmann na de Sack ran: „Süh so, süh so" seggt he, „wat hett dat denn to bedüden?"

De anner bölkt ümmerto: „Nee, ik nehm ehr nich! Ik nehm ehr nich!"

„Wokeen oder wat nimmst du nich?" fraagt de Koopmann.

„En ganz, ganz rieke Herr sin eenzige Dochter, de hett wat Lüttes kregen, un nu will ehr Vadder hebben, ik schall ehr heiraden!"

„Is se würklich richtig riek?"

„Ja, in't heele Land is keen rieker."

„Na, denn will *ik* ehr geern nehmen."

„Denn kumm man gau hier för mi in'e Sack."

Do sett de Koopmann sik in'e Sack, un de Möller binnt 'n fast to. Denn nimmt he de Swep un treckt mit de Waag vull Koopmannswaar to Stadt.

As he weg is, kamen de Herr un Grote Hans wedder na se's Sack.

„Ik nehm ehr! Ik nehm ehr!" röppt de Koopmann dar binnen.

„Wokeen nimmst du?" fraagt de Herr.

„Jues Dochter, Herr!"

„Na, du Aasknaak, denn söök ehr man up'e Grund vun'e Diek!"

Un do smieten se em in'e Diek, un keeneen hett em jichens wedder to Gesicht kregen.

144

De neegste Dag fahr'n de Herr un sin Knecht Grote Hans to Stadt to Markt. As se sik do all de feine Marktboden ankieken, wunnern se sik bannig, as se dar uck de Möller wedder bemöten bi en feine Bood mit Gold- un Sülversaken.

„Wat, Möller", seggt de Herr, „du büst hier?"

„Wiss doch, Herr. I woe'n mi doch wiss wat afkopen?"

„Wat denn, du büst ut'e Diek wedder rutkamen?"

„As I seh'n, Herr. Dat hett mi dar nich gefullen. Man ik segg Ju velen Dank, denn all düsse feine Kraam heff ik vun dar mitnahmen."

„Is dat wahr?"

„As ik dat segg, Herr. Mi deit blots een Deel leed, dat I mi nich hebben en beten wieder smeten, denn weer ik up en Stä' fullen, 'nem blots idel Goldsaken liggen."

„Is dat wahr?"

„So wahr, as ik Ju dat segg, Herr."

„Un dat is allens noch dar?"

„Ja, dat denk ik doch; man I schull'n Ju en beten ielen, wenn I nakieken woe'n."

Un do jaagt de Herr mit sin Knecht na Huus un löppt na de Diek.

Grote Hans springt toeerst in't Water, un he is ja groot, un do reckt he de Hänne ut't Water, dat he Hülp bruukt, he kann nich swümmen.

„Kiek an!" seggt de Herr. „He wiest mi, ik schall wieder rin springen. Bestimmt is he nich bet an't Gold rankamen."

Un do nimmt he Anloop un springt rin so wied, as he kann.

Un vun do an hett een nix mehr hört vun em.

Un dat weer de Geschicht vun de Möller un de Grundherr.

De König in Keden

Dar is mal en König we'n, de hett Knoev hatt as twee
Ossen, Kraasch as en scharpe Swert un is ehrlich
we'n as Gold. De dare König hett sin Amt beter ut-
föhrt as jichens een. Harr een seggt, he verdeent
nich dat Geld, wat he vun'e Stüern innehmen deit,
de harr lagen. Elkeen Morrn is he to Kirch gahn un
hett bed't, un wenn he wedder gahn is, hett he an'e
Dör vun'e Kirch en Barg Geld an'e Armen geven. De
dare König hett uck Weg' funnen, dat he ümmer
wusst hett, wat allerwegens los is in sin Riek. Un he
hett ümmer Suldaten praat hatt un marscheer'n
afste', un Richters, de guut betahlt wurrn sünd.
Wenn he Bescheed kregen hett, dar woe'n em we-
cken angriepen, is he foorts in Stillen mit sin Heer
lostrocken un hett all dat dare Hallunkentüüg um'e
Eck bröcht. Wenn he to weeten kregen hett, dat een
stahlen hett oder hett een umbröcht, denn hett he to
sin Richters seggt: „Verordeel de Keerl to'n Dood."

De Richters hebben denn uck se's Geld verdeent, un
de Schinner hett sin Arbeit an en Marktdag vör all
de Lüüd daan. De Dood hett en Bispill we'n schullt,
vör allen för de Gören, dat de nich later mal sik dar-
to verleiten laten un doon wat Leeges.

Up de Aart hett de König dar för sorgt, dat se oever-
all bang' we'n sünd vör em un em buten un binnen
respekteert hebben. All hebben se in Freden levt un
hebben bi Dag un bi Nacht ünnerwegens we'n kunnt
ahn Bang', dat se wat Leeges bemöten kunn.

Man de dare König is nich glücklich we'n. He hett en
Oolsch hatt, de is leeg we'n as de Düvel. Elkeen Jahr
hett he vun ehr twee Deerns kregen, de sünd nich
mehr weert we'n as se's Mudder. De König hett dat

147

dare Oevel gedüllig dragen un hett dacht: „Min Oolsch maakt mi Deerns, as en Hehn Eier leggt, man Jungs kriggt se nich torecht. Dat is en schöne Schiet för mi un för dat Volk, dat ik regeer'n do."

Toletzt is dat so wied, dat de Rieken un Vörnehmen in't Land sik tosamendoon un na de König in sin Palast gahn.

„Moin, König."

„Moin, leeve Frünnen. Warum sünd I herkamen?"

„König, wi sünd hier un woe'n Ju seggen, de Königin maakt Ju ja Deerns, so as en Hehn Eier leggt, man Jungs kriggt se nich t'recht. Naher kümmt dat noch so wied, dat Jues Swiegersoehns dat Land ünner sik updeelen, un dat weer denn en grote Mallöör för de Lüüd in't Riek. Dat dörv nich we'n. König, seh to un kriegen en Soehn, so een, as I sülven sünd, dat de Ju helpen kann, wenn I oold sünd, un uns regeern kann, wenn I mal doot sünd."

„Leeve Frünnen, I hebben Recht. Man maak ju dar keen Sorgen mehr um. De Tied ward kamen, wo I to seh'n kriegen, ik weet Vörpahl to slaan. Nu laat uns man eerstmal wat eten un denn Kaarten spelen."

Do gahn de König, de Vörnehmen un de Rieken to Disch un eten un drinken un spelen Kaarten bet in'e Nacht. As de Gäste weg sünd, lett de König sin boeverste Minister kamen.

„Min Fründ, du weetst, ik mutt en Pangschoon vun hunnert Daler an all de Vadders betahlen, de tominnst twölf lebennige Soehns hebben."

„König, wat schull ik dat nich weeten. Ik bün dat ja, de de dare Pangschonen vun Jues Gröschens utbetahlt. Dar sünd hunnert Vadders, de dat tokümmt; un ik heff jüst annerletzt in Jues Updrag an negenunnegentig en Pangschoon vun hunnert Daler utbetahlt."

Do kickt de König sin eerste Minister scheef an.

„Hör mal", seggt he, „ik will, dat all min Schulden up en Prick betahlt warrn. Bewies mi foorts, dat du dar recht an daan hest un betahlen de hunnertste Vadder nich so as de anner negenunnegentig. Anners gev ik keen Penn mehr för din Hals."

„König, ik denk, min Hals kann sachs bestahn, dar schall Jues Schinner nix mit to doon kriegen. Wieldes I bi't Eten weer'n un bi't Kaartenspelen, is mi seggt wurrn, in dat un dat Holt wahnt en Holthauer, de hett en Fruu, de is smuck as de junge Dag un fraam as en Hillige. Fievmal hett de Fruu, Jahr för Jahr, Twillings kregen, ümmer Jungs. Un güstern hett se wedder twee kregen. Ik heff foorts Order geven un betahlen de Pangschoon ut. Morrn fröh bringt en Deener dat Geld hen."

„Min Fründ, du büst din Geld weert. Ik bün tofreden mit di. Giff de Deener en Büdel Goldstücken mit för de Holthauer. So draa as em de dare Goldstücken vörtellt sünd, schall de Holthauer sik afgliéden mitsammt sin Kinner, groot un lütt, un nie, nie nich wedderkamen. Sin Fruu schall he ganz alleen in sin Huus t'rügglaten."

„König, dat geiht klaar."

De neegste Avend is allens so maakt, as de König dat seggt hett.

Dree Maanden vergahn, ahn dat dar wedder vun snackt ward. Man denn, een Morrn, steiht de König up un röppt: „Höh, Deeners! Kumm hooch, I Fuuljacken! Gau, min Riedpietsch! Gau, min Jagdhoorn. Gau, min beste Perd un min Hünne!"

Fiev Minuten later sitt de König in'e Sadel, jaagt in Galopp afste' un blaast in sin Jagdhoorn mang all sin Hünne, un de maken en Larm as en Koppel Düvels. Soeven Stunnen later stiggt he af vör de Dör vun dat Huus, 'nem de Holthauer sin Fruu alleen in t'rüggbleven is.

„Moin, Holthauersch, ik bün de König."

„Moin, König. Wat steiht to Deensten?"

„Holthauersch, maak Eten un deck de Disch, wieldes ik min Perd un min Hünne in'e Stall bring."

„König, as I befehlen."

As dat Eten klaar un de Disch deckt is, sett de König sik ran. De Holthauersfruu discht em up.

„Holthauersch, ik heff di din Mann un din Kinner wegnahmen. De kriggst du nie, nie nich wedder to Gesicht. To min un de annern se's Mallöör heff ik en Oolsch, de is leeg as de Düvel. Un se maakt mi blots Deerns, so as en Hehn Eier leggt. Man Jungs kriggt se nich t'recht. Man wat ehr fehlt, dat hest du. Darför bün ik kamen. Wi beiden woe'n tosamen en Soehn kriegen, de mi helpt, wenn ik oold bün, un de regeert, wenn ik doot bün."

„König, as I befehlen."

De König verbringt de Nacht in dat Huus mit de Holthauersche. As dat de neegste Morrn Dag ward, geiht he na de Stall, sadelt sin Perd un lett sin Hünne rut. As he in'e Sadel sitt, seggt he: „Adjüs, Holthauersch. Bi negen Maanden kriggst du en Jung, smuck as man een. He hett en gollne Steern up'e Tung. Dat dare Kind lettst du döpen, un du seggst to de Preester: ‚De König will, de Jung schall Fiete heeten, jüst so as sin Vadder‘."

„König, as I befehlen."

„Holthauersch, wat wi beiden daan hebben, dat is en Doodsünn. Wenn de leeve Gott uns nu afropen dä', keemen wi liek in'e Höll. Man wi woe'n dat bichten, un denn seggen wi to de Preester: ‚De König sin Land durv nich deelt warrn. Dat Volk sin Freden durv nich to'n Düvel gahn.‘ Denn ward de Preester uns vergeven. Man wi beiden, wi sehn uns nie, nie nich wedder."

Denn jaagt de König in Galopp afste' mit sin Hünne. Man he blaast nich in't Jagdhoorn, so as up'e Henweg. De Holthauersche hett em nie, nie nich wedder to Gesicht kregen. As dat Nacht ward, is he wedder in sin Palast.

„König", seggt de Königin, „wonem kümmst du her? Wonem hest du di sörre güstern rumdreven?"

„Ik kaam her, 'nem ik will. Dat geiht di nix an. Sörre güstern bün ik mit en Fruu tohopen we'n, de mi en Jung maakt, de mi helpen kann, wenn ik oold bün, un de regeer'n kann, wenn ik mal doot bün."

De Königin seggt dar nix to, man se denkt: „Luer man af, dat scha'st du mi betahlen."

Un bi't Eten gifft se de König en Slaapmiddel in. Do geiht he to Bett un slöppt as en Steen. Denn steiht de Königin up un geiht rut ut't Slott un hen na ehr Leevste.

„Leevste, wullt du nich König warrn? Ik bün denn din Königin."

„Min Söte, dat will ik ja geern."

„Na, denn kumm mit."

Do gahn de beiden in'e König sin Slaapkamer rin. De slöppt ümmer noch as en Steen. De Königin ehr Leevste binnt em de Hänne un de Fööt tosamen un packt em up en Perd as so'n Sack Koorn. Denn kriggt he dat Deert an'e Toegel un glitt sik dar af mit, wied, ganz wied weg, na Sünnenupgang to. Een Stunn vör Düüsterwarrn is he bi en Toorn baven up en hoge Barg. De Muern vun de dare Toorn sünd so fast, dar helpt keen Piekhack un keen Bomb. Un för un maken de ieserne Dör up, bruukt een en gollne Sloetel, 'nem dat man een vun gifft up'e Welt.

De Königin ehr Leevste nimmt de gollne Sloetel, 'nem dat man een vun gifft up'e Welt un de em Dag un Nacht um'e Hals hängt, maakt de ieserne Dör up, slept de König in'e Toorn rin un leggt em an en dicke Ked, de is fastmaakt in'e Footborm. Denn leggt he en Swattbroot bi em hen un stellt en Kruuk mit Water blangen em, slütt de Dör dreefach dicht un glitt sik wedder af, rin in'e swatte Nacht. As de Sünn up-geiht, is he bi de Köngin.

„So, min Söte, din Mann kümmt uns nich mehr ver-dwass. Wenn ik em um'e Eck bröcht harr, denn so harr he ja man en Ogenblick lieden musst. Man ik heff em wied, wied weg bröcht, na Sünnenupgang to. Ik heff em in en Toorn sparrt baven up en hoge Barg. Gegen de Muern vun düsse Toorn koenen Piekhack un Bomben nix utrichten. För un maken de ieserne Dör up bruukt een en gollne Sloetel, 'nem dat man een vun gifft up'e Welt, un de hängt mi Dag un Nacht um'e Hals. Dar is din Mann anked't mit en dicke ieserne Ked, de is fastmaakt in'e Footborm. Bi de dare Lump heff ik denn noch en Swattbroot henleggt un en Kruuk mit Water henstellt. De eerste Dag in elkeen Maand bring ik em wedder so'n Patschoon hen. – Man nu, min Söte, segg mi mal, wonem sünd all din Deerns?"

„Leevste, de sünd in se's Kamer."

Do geiht ehr Leevste hen in'e Deerns se's Kamer un bringt se all ahn Mitleed um'e Eck. Sodennig sünd de Königin un ehr Leevste alleen de Herren in't Land.

As de König in sin Toorn waak ward, maakt he sik bannig trurige Gedanken. „Wat ik hier nu lieden mutt, heff ik nich beter verdeent. Dat weer en Doodsünn un gahn na de Holthauersche. Man min Land durv doch nich updeelt warrn mang min Swiegersoehns. Un dat Volk sin Freden durv nich to'n Düvel gahn."

Wieldes de König in sin Toorn an't Nadenken is un an't Blarrn, levt de Holthauersche ganz alleen in ehr Huus. Na negen Maanden kriggt se en Jung, smuck as man een. He hett en gollne Steern up'e Tung. Na dree Daag bringt de Holthauersche em sülven to Kirch un seggt to de Preester: „Herr Paster, dööp düt Kind. He hett en gollne Steern up'e Tung. De König will, he schall Fiete heeten, so as sin Vadder."

De Preester deit, as em heeten is, un de Holthauersche bringt dat Kind in ehr Huus. Dar blieven se föftein Jahr, arbeiden as de Slaven un verdeenen man jüst so vel, dat se nich verhungern. Faken fraagt de Jung sin Mudder: „Mudder, is min Vadder doot oder levt he noch?" Dar seggt de Holthauersche nix to. Man toletzt ward se doch snacken.

„Min Soehn", seggt se, „din Vadder is nich doot. Din Vadder is König. Darum hest du uck en gollne Steern up'e Tung. Hör to. Du hest nu al düchtig Knoev, Plie un Kraasch. Wenn du eenuntwintig warrst, büst du en Mann. Denn gah los un söök din Vadder. Ik gah in't Kloster un warr Nonn. Wi beiden seh'n uns denn nie, nie nich wedder."

„Mudder, dat schall maakt warrn, as du dat wullt."

De Jung seggt sin Mudder adjüs un geiht. Na en Maand is he Suldaat in en anner Land. As he eenuntwintig ward, is he Hauptmann.

„So", seggt he sik, „nu bün ik en Mann. Nu mutt ik doon, wat min Mudder mi heeten hett, un afste' un söken min Vadder."

De Hauptmann geiht na sin General.

„Moin, Herr General."

„Moin, Hauptmann. Wat wullt du vun mi?"

„Herr General, giff mi min Afscheed. Ik mutt en lange Reis maken un doon, wat min Mudder mi heeten hett."

„Hauptmann, din Afscheed kriggst du. Reis man af, un Gott mag mit di we'n."

„Velen Dank, Herr General."

De Hauptmann saluteert un geiht. Een Stunn later sitt he to Perd un glitt sik af un will sin Vadder söken.

Een Jahr lang reist de Hauptmann nu elkeen Dag vun wenn de Sünn upgeiht bet wenn 'n wedder dalgeiht. Faken denkt he: „Pass blots up. Dat is keen Kinnerspill, wat di updragen is. Seh to un seggen nix un doon nix, wat verraden kann, wat du vörhest."

Upletzt kümmt de Hauptmann na sin Vadder sin Land. Up'e Straat geiht en arme ole Mann, de Stock in'e Hand, de Bedelsack up'e Rügg.

„En lütte Gaav, Herr, wes't so guut in Gotts Naam. *Vater unser, der du bist im Himmel, geheiliget ...*"

„Hier, du arme Stackel. Nimm düsse Daler un bed to Gott för mi."

„Velen Dank, Herr, dat will ik doon."

„Segg mal, du arme Stackel, wat hebben I för'n König hier in düt Land?"

„Herr, de König, de sörre eenuntwintig Jahr in düt Land regeert, is en utmaakte Hallunk. Un de Königin is keen Spier beter as he. Snack leever vun de ole König, dat weer een, de weer gerecht un mildgevsch. Wokeen weet, wat ut em wurrn is."

„Is he doot?"

„Herr, ik gloov dat, man ik weet dat nich wiss. Up eenmaal weer de gude Mann nich mehr dar. Denn hett de Königin ehr Leevste all de ole König sin Döchter afmurkst. Man dar is dat nich schaa um. De weern noch leeger wurrn as se's Mudder. De Königin ehr Leevste hett denn de Oolsch heiraad't, un nu regeern de beiden, un dat is en grote Mallöör för dat Land."

De arme Mann swiggt still, un de Hauptmann geiht wedder wieder. Man he denkt: „Pass blots up. Dat is keen Kinnerspill, wat di updragen is. Seh to un seggen nix un doon nix, wat verraden kann, wat du vörhest. Vellicht hett de dare Stackel de Wahrheit seggt."

De Stackel *hett* de Wahrheit seggt. De Hauptmann snackt mit mehr as twintig Lüüd. All koenen se de König un de Königin nich utstahn un beduern, dat de ole König nich mehr dar is.

Toletzt kümmt de Hauptmann vör sin Vadder sin Palast, un bang' is he nich, he kloppt dar driest an.

„Bumm! Bumm! Deeners, dat ward Nacht. Ik bün an't Afkreih'n vör Hunger un Dörst. Min Perd kann nich mehr. Laat mi mal mit de König snacken. He ward mi wat to eten un en Slaapplatz nich afslaan för düsse Nacht."

„Herr, de König is vunmorrn alleen up Reisen gahn up sin grote Schimmel. He kümmt nich vör morrn Avend wedder, wenn de Sünn ünnergeiht. Blots de Königin is in'e Palast.

„Na, denn, Deeners, denn laat mi mit de Königin snacken."

De Deeners bringen em hen.

„Gu'n Avend, Königin. Dat ward Nacht. Ik bün an't Afkreih'n vör Hunger un Dörst. Min Perd kann nich mehr. Giff mi doch wat to eten un en Slaapplatz för düsse Nacht."

156

„Min Fründ, kumm man her un itt mit mi. Deeners, maak en feine Kamer t'recht."

Do setten de beiden sik to Disch. De Hauptmann is so smuck, so smuck, de ole Königin mag em foorts so geern lieden, se is rein tumpig na em.

„Min Fründ, itt un drink so vel, as du magst. Laat di dat an nix fehlen."

Na't Eten schickt de ole Königin de Deeners weg un springt de Hauptmann mit beide Beens um'e Hals.

„Hör mal to. Du büst smuck. Ik mag di lieden. Laat uns so doon, as wenn wi to Bett gahn. Man wenn de Lüüd in'e Palast slapen, denn kumm na mi in min Kamer. Ik tööv up di in min Bett, un denn bün ik din."

„Königin, dat ward maakt, as I dat woe'n."

Do doon de beiden, as wenn se to Bett gahn. Man as de Lüüd in'e Palast inslapen sünd, geiht de Hauptmann na de ole Königin in ehr Kamer. Se luert up em in ehr Bett, un do gifft se sik em hen. Darbi snacken se vun allerhand Saken.

„Leevste, wullt du nich König warrn? Ik bün denn din Königin."

„Min Söte, du büst so smuck, so smuck, dat weer ja min Dood, wenn ik di nich mehr seh'n kunn. Wat schall ik doon, dat ik König warr?"

„Leevste, du musst min Mann um'e Eck bringen, de maakt mi nix as Pien un Quaal."

„Min Söte, wo is din Mann denn?"

„Leevste, min Mann is güstern Morrn alleen up Reisen gahn up sin grote Schimmel. He kümmt nich vör morrn Avend wedder, wenn de Sünn ünnergeiht."

„Min Söte, wonem is din Mann denn hen?"

„Leevste, min Mann is wied, ganz wied weg reist na Sünnenupgang to. Dar is he up en hoge Barg gahn un bringt en Swattbroot un en Kruuk Water na en ole Keerl, de is dar sörre eenuntwintig Jahr insparrt un liggt dar in en Toorn an'e Ked. Dat is uck so'n ole Doegnix, de dare. De schall desülve Weg gahn, as min Mann."

„Min Söte, wodennig kaam ik denn in'e Toorn rin?"

„Leevste, gegen de Muern vun de dare Toorn koenen Piekhack un Bomben nix utrichten. För un maken de ieserne Dör up bruukst du en gollne Sloetel, 'nem dat blots een vun gifft up'e Welt."

„Min Söte, och, ik heff di so leev. Söte, du büst smucker as de junge Dag. Söte, min söte Stackel, segg mi gau, wonem is de dare gollne Sloetel, 'nem dat man een vun gifft up'e Welt?"

„Leevste, de gollne Sloetel, 'nem dat man een vun gifft up'e Welt hängt bi Dag un bi Nacht min Mann um'e Hals."

„So, du Aas, nu weet ik allens. Du scha'st keen Undoeg mehr maken." Un mit een Grep hett he ehr de Hals umdreiht, maakt dat Finster up un smitt de Liek rut up'e Hoff.

Bi lütten ward dat al Schummern. In twee Minuten hett de Hauptmann sik antrocken, sik sin Swert umsnallt un geiht hen un hängt sik an'e Strang vun'e Palastklock: „Bimbam, bimbam, bimbam."

As se de Klock lüden hör'n, kamen Deeners un Deenstdeerns anrönnt, all man halv antrocken.

„Leeve Lüüd, ik bün de ole König sin Soehn. Kiek hier: Ik heff en gollne Steern up'e Tung. Leeve Lüüd, de ole Königin deit nix mehr. Haal mal ehr Liek vun'e Hoff, de koenen de Hünne sik smecken laten. Leeve Lüüd, morrn fröh, wenn de Sünn upgeiht, hebben wi unse rechte König wedder hier. Gau, giff min Perd wat Haver un denn legg 'n Toom un Sadel an."

Denn jaagt de Hauptmann afste' in vulle Galopp. Slag Klock twölf kümmt he an en Brügg, de geiht oever en grote, deepe Stroom. Up'e anner Siet vun de dare Stroom kümmt de ole Königin ehr Mann an up sin feine, grote Schimmel.

De Hauptmann toegelt sin Perd un kriggt sin Swert rut.

„Höh! Du dar up din Schimmel! Bliev stahn! Hier kümmst du nich roever!"

„Ridder, wat wullt du vun mi?"

„Wat ik will, du Hallunk? Ik will din Leven. Wat ik will, du Doegnix? Ik will de gollne Sloetel, 'nem dat man een vun gifft up'e Welt, de di Dag un Nacht um'e Hals hängt. Wat ik will, du Bandit? Ik will min Vadder frie maken, de anked't is in sin Toorn. Los! Treck blank! Un denn man up Leven un Dood!"

Do jagen de Ridders in vulle Galopp up'nanner to. Mit'e eerste Swertslag hett de Hauptmann de anner doot an'e Grund. Do stiggt he af un haalt sik de gollne Sloetel, 'nem dat man een vun gifft up'e Welt, de Dag un Nacht um'e Hals vun de Königin ehr Mann hängt. Denn böhrt he de Liek in'e Hööcht as en Fedder un smitt 'n in'e grote, deepe Stroom.

„Dar, Fisch, laat ju de dare Hallunk sin Rump guut smecken."

De Hauptmann springt up sin Perd un jaagt in vulle Galopp afste'; de anner sin grote Schimmel nimmt he mit. Desülve Avend, een Stunn ehrer de Sünn dalgeiht, slütt he de ieserne Dör vun'e Toorn up mit de gollne Sloetel, 'nem dat man een vun gifft up'e Welt, de he sik vun'e Königin ehr Mann sin Hals haalt hett. As he rinkümmt, maakt he en Bückling bet dal up'e Grund.

„Moin, König. De Ju hier inspunnst hebben, doon nix mehr. Ogenblick, ik will mal even Jues dicke Iesenked dörchrieten."

„Min Fründ, min dicke Iesenked is to stark, de schaffst du nie nich un rieten dörch."

„König, luer dat af. I warrn dat ja seh'n."

De Hauptmann hett Knoev as anners keen. In sin Hänne ritt de dicke Iesenked ut'neen as en Tau ut Stroh.

„So, König, dat weer 't. I sünd frie."

„Velen Dank, min Fründ. Du büst stark. As ik so oold weer as du, harr ik dat jüst so maakt. Segg mal, wo heetst du?"

„König, ik heet Fiete. Min Mudder weer en Holthauersche."

„Du heetst Fiete! Din Mudder weer en Holthauersche! Gau, gau, wies mi din Tung!"

De Hauptmann wiest sin Tung mit de gollne Steern dar up. Do kriggt de König dat Blarrn.

„Du büst min Soehn! Du büst min Soehn! Ik freu mi, dat ik en Soehn heff mit so'n Knoev un so'n Kraasch as du."

„König, wi hebben hier nix mehr verlaren. Unse Perde töven an't Door."

De Hauptmann helpt de König up'e grote Schimmel un stiggt denn up sin eegne Perd. „Jüh! In Galopp!"

De neegste Morrn, as de Sünn upgeiht, kamen se na de Palast. An't Door stahn all de Deeners un Deenstdeerns un töven mit all de Lüüd vun't Land. Do stiggt de Hauptmann af un maakt en deepe Bückling vör de König.

„König, I sünd to Huus. Befehl. Wi sünd all hier för un doon, wat I uns heeten."

„Min Soehn, ik bün to oold för't Regeer'n. Du scha'st min Stä' innehmen. Morrn will ik as Mönk in en Kloster gahn un bet an min Dood to de leeve Gott beden. Un nu to Disch. Deeners, Deerns, laat all düsse gude Lüüd wat to eten un to drinken kriegen."

De neegste Dag is de König denn as Mönk in't Kloster gahn un hett bet an sin Dood to de leeve Gott bed't. De Soehn hett de Vadder sin Stä' innahmen un regeert för dat Recht un dat Glück vun't Land. He hett en Prinzessin heiraad't, smuck as de junge Dag, un hett lang' glücklich un tofreden levt mit sin Fruu un sin Kinner.

De lütte Smidt

Dar is mal en Jung we'n, de hett as Lehrling in en Smä' arbeid't. Mal seggt he to sin Meister, he hett ja jüst nich vel to doon. Darum harr he noch Lust un hau'n bi em in'e Sack un gahn up Reisen.

Is guut, seggt de Smidt, wenn he geern dör de Welt lopen will, denn will he em en Säbel un en Leddermütz mit up'e Weg geven.

Do reist de lütte Smidt denn afste'. He geiht wied, bannig wied, ahn Eten un Drinken, un he hett bannig Smacht, do ward he en Huus wies. He geiht gauer för un kamen dar hen, un as he an'e Dör is, fraagt he, um se nich en Knecht bruken koenen.

„Ja", seggen de Lüüd in't Huus, „wi bruken een, man dat is keen feine Deenst. Wi hebben al en paar Knechten hatt, un all sünd se to Dode kamen, as se up't Feld weern, un keeneen weet, wodennig dat togahn is."

„Ik bün nich bang"', seggt de lütte Smidt. „Man ehrer ik min Deenst anfang, wull ik geern wat to eten hebben. Dree Daag bün ik al ünnerwegens un heff nich Natt un nich Dröög kregen."

Do dischen se em wat up, un as he satt is, wiesen se em, wonem de Weid is. He ward foorts wies, all dat Rickwark is twei, un do geiht he bi un maken dat heel. As he dat t'recht hett, kümmt dar en Ries an up en grote Perd un fraagt em mit en gresige Stimm: „Wat maakst du dar, Bengel?"

„Geiht di nix an, Ries, ik do, wat ik nu mal doon mutt."

„So, so! För dat, wat du dar maakst, bring ik di um'e Eck!"

„Dat woe'n wi eerstmal seh'n", seggt de lütte Smidt ganz geruhig.

He nimmt sin Säbel, stellt sik in Positschon un haut de Ries un sin Perd de Kopp af. Denn pedd't he se mit'e Foot un seggt: „Süh so, I hebben ja ümmer noch de Mauken un danzen mit."

As he wedder to Huus is, fragen se em, um he nich wat sehn hett.

„Ja", seggt he, „sehn heff ik een, man ik heff em een bipuult, un nu ward he keeneen mehr argern."

As he de neegste Dag wedder up'e Weid geiht, is so as de Dag vörher all dat Rickwark in'e Grütt. He geiht bi un maakt dat wedder heel, un as he dar just mit t'recht is, kümmt dar noch en Ries an un bölkt: „Wat maakst du dar, du lütte Worm?"

„Dat geiht di en Dreck an, du grote Keerl, ik do, wat ik doon mutt."

„Darför bring ik di um'e Eck."

„Dar bün ik ja sülven mit bi", seggt de lütte Smidt, treckt sin Säbel un haut de Ries de Kopp af.

He geiht wedder na de Hoff, un all fragen se em: „Hest du vundaag nich wat sehn?"

„Doch", seggt he, „ik heff een sehn, man ik heff dat mit de Keerl vun hüüt just so maakt as mit de vun güstern, un nu ward he mi nich mehr stör'n."

As he de neegste Dag wedder na de Weid geiht, is dat Rickwark dat drütte Mal twei. He maakt dat wedder heel, un jüst as he dat t'recht hett, süht he en Ries ankamen, de fraagt em: „Wat maakst du dar, du lütte Worm, du Schiet ünner min Fingernägeln, du Schatten vun min Snurrbaart?"

„Dat geiht di en grote Schiet an, Ries, ik do, wat ik doon mutt."

„Na, denn bring ik di dar um'e Eck för."

„Dat woe'n wi eerstmal afluern", seggt de lütte Smidt un lett mit een Slag mit sin Säbel de Ries sin Kopp afspringen."

Denn geiht he de Weg lang, 'nem de Riesen herkamen sünd, un kümmt na se's Slott. He geiht dar rin un bemött se's Mudder, de blarrt Snott langs de Tranen.

„Beste Fruu", seggt he, „wat is denn los, dat I so trurig sünd?"

„Ik heff dree Soehns hatt", seggt se, „un ik weet nich, wat ut se wurrn is."

„Ik weet so vel beter, wonem de sünd, un ik will se Ju wiesen, wenn I mi all de Sloeteln vun Jues Slott geven woe'n." De Fruu langt em de Sloeteln hen, un denn seggt he: „Süh so, nu stieg man hier in't Finster un kiek."

De lütte Fruu – se is nich grötter as en Kruuk – klarrt rup in't Finster, un do kriggt de lütte Smidt ehr bi de Beens tofaat un smitt ehr dal in'e Hoff, un do fallt se sik doot. Un do is he de Herr vun't Slott un vun de Riesen se's heele Schatz.

Morgenroot

Dar is mal en Wittmann we'n, de hett dree Kinner hatt: twee Deerns un en lütte Jung. Sin beide Deerns hett he düchtig leev hatt un hett se smucke Kleeder köfft un allens, wat se man hebben woe'n. Man de lütte Jung – Morgenroot hett he heeten – de hett he faken verhaut un hett em mitünner ahn Avendbroot to Bett schickt. Un sin Süstern sünd nich beter we'n to em; liekers he all de Huusarbeit daan hett, hett he as Lohn nix kregen as en Foot in'e Mors.

Toletzt denkt he: „Dat kann mi ja nich leeger gahn as nu; ik will man afste' un söken min Glück."

Do glitt he sik denn af. He geiht de heele Dag, un as dat Avend ward, is he merrn in en grote Holt, man do brickt dar en gresige Storm los, dat gütt as ut Ammern, de Wind huult, un een Blitz jaagt de neegste. Do verkrüppt he sik ünner de Oeverstand vun en Fels, halvdoot vör Angst. De Wind is so dull, dat 'n grote Böme umweiht. Een kümmt blangen em dal, un do rullt dar en Grasmückennest – dat is dar up en Telgen buut we'n – dat rullt dar nu an'e Grund mit de Lütten dar in, de hebben noch gar keen Feddern. De Vadder un de Mudder fleegen um se rum un schrien, un se versöken un helpen se, man dat ward nix.

Morgenroot doon se leed, un he denkt: „Stackels lütte Vageln, de sünd ja verratzt, wenn se an'e Grund blieven. Se's Öllern fleegen denn weg, un denn haalt de Sperber sik de."

He kümmt ünner sin Fels rut, un mit en beten Band – dat hett he in'e Tasch – dar flickt he dat Nest mit so guut, as dat geiht, denn sammelt he de Lütten up, dröögt se af un sett se ganz vörsichtig in't Nest. De beide Grasmücken freu'n sik düchtig, un dat se dat uck wiesen, kamen se hen un kuscheln sik an sin Gesicht, as wenn se em en Söten geven woe'n. He klarrt up en Boom un sett dat Nest twischen twee Telgens, 'nem dat nich to sehn is.

Do seggt de Grasmück: „Min stackels lütte Morgenroot, du hest würklich en gude Hart. Wenn du nich we'n weerst, weern min Lütten dootgahn oder upfreten vun de Sperber. Treck mi en Fedder ut'e Steert un wahr 'n up, de ward di Glück bringen."

Morgenroot ritt de Grasmück en Fedder ut un stickt 'n vörsichtig in'e Tasch, denn maakt he sik wedder up'e Weg. Na en Tied ward he en Veerbeen[1] wies, de is inklemmt ünner en Steen un tiert sik af, dat 'n wedder frie kümmt. Un en anner Veerbeen löppt dar bi rum un will 'n helpen.

„Och, stackels Deert", seggt Morgenroot, „wat en Mallöör!"

He böhrt de Steen hooch, de 'n daldrückt, aver de Veerbeen kümmt nich in'e Gang'. Man Morgenroot hett en lütte Snapsbuddel in'e Tasch: He deit dar en Drüpp vun in'e Veerbeen sin Mund, do kümmt de foorts up'e Beens. „Adjüs, Morgenroot", seggt 'n, „din gude Hart schall belohnt warrn."

***

Do geiht Morgenroot denn wieder för un söken sin Glück. As he de heele Dag uplos schechelt is, klarrt he up en Boom, he will mal seh'n, um he nich kann

---

[1] Veerbeen = Eidechse

en Stä' wies warrn för un blieven Nacht. He süht en Licht un geiht dar up to. Do kümmt he na en Huus un kloppt dar an.

„Wokeen is dar?" fraagt en Stimm.

„En arme lütte Stackel, de nich weet, wonem he slapen schall. Leeve Fruu, wes so guut un nimm mi up."

He mutt de Kopp ganz in'e Nack leggen för un kieken de Fruu an, de em de Dör upmaakt hett. Se süht gresig ut, se kickt oeverkrüüz un hett wecke Tähns, de sünd handlang.

„Min arme Jung", seggt se, „bliev du man jo nich hier. De hier in düt Huus rinkamen sünd, sünd noch nie nich lebennig wedder rutkamen."

„Eendoont", seggt Morgenroot, „ik weet nich, wonem ik hen schall, un denn kann ik ja jüst so guut hier dootblieven as annerwegens."

Do lett se em rin un verstickt em ünner een vun de Betten. En beten later hör'n se en gresige Radau. Dat is de Ries, de kümmt na Huus un röppt foorts: „Ik rüük frische Fleesch!"

„Och wat", seggt de Fruu, „dat is man en Kalvskopp, de heff ik in'e Graap to kaken."

„Ik rüük frische Fleesch, seggt ik di, un wenn du mi nich seggst, wat dat is, denn fret ik di up."

„Na ja", seggt se, „ik heff en Jung upnahmen, de hett um en Nachtlager fraagt. He is man ganz lütt un bannig mager, so mager, de mutt eerst en bet' fett maakt warrn, ehrer he to'n Upfreten döcht. He liggt dar ünner't Bett."

167

De Ries böögt sik dal un nimmt Morgenroot in'e holle Hand.

„Wat en nüüdliche lütte Vagel", seggt he, „he hett gollne Feddern up'e Kopp." (Dar meent he de Jung sin gele Haar mit.)

Morgenroot fangt an to blarrn, denn he is bang'.

„Un wat kann he fein singen!" seggt de Ries. „Man ik krieg 'n liekers in'e Pann."

Dat he em beter hör'n kann, hollt he em an sin Ohr; dat is so groot, Morgenroot denkt, he kickt in en deepe Soot.

De Ries leggt em up en Bett un seggt: „Slaap fein, lütte Vagel."

Darmit he fett ward, seggt he to sin Deenstdeern, se schall em so vel to eten geven, as he mag.

Na acht Daag schall he denn upfreten warrn. Morrns liggt he to blarr'n, he denkt dar an, ehrer de Dag um is, schall he oeversluckt warrn. Do kümmt dar en Veerbeen an un kettelt em an't Ohr un seggt: „Kannst du di noch up'e Dag besinnen, as du mi ünner de Steen ruttrocken hest, de mi inklemmt harr?"

„Ja, kann ik", seggt Morgenroot.

„Na, kiek", seggt de Veerbeen, „wenn du mi man gloven wullt, denn kümmst du frie. De Ries ward di in'e Hand nehmen un di na sin Wunnersoot drägen, denn dar wascht he de, de he upfreten will, wenn he se afstaken hett. Du smittst dar din Vagelfedder rin un seggst to em: ‚Laat mi, ehrer du mi dootmaakst, doch noch din Wunnersoot bekieken.' Dat ward he di togestahn. Du lettst di dar denn rinfallen, un wenn du nedden ankümmst, büst du in en anner Welt."

168

De Ries haalt Morgenroot un bringt em na de Soot. Do röppt de Jung em to: „Ehrer du mi dootmaakst, laat mi doch noch din Wunnersoot bekieken."

„Dat 's uck wahr, Morgenroot", seggt de Ries, „du büst en plietsche Jung. Dar heff ik gar nich an dacht un wiesen di de. Denn kumm un seh min Wunnersoot. Mit dat Water darvun warrst du wuschen, wenn ik di afstaken un aftrocken heff."

He sett Morgenroot up'e Sootkant; man Morgenroot lett sik dar rinfallen. He dükert dal bet up'e Grund, un do is he in en anner Welt mit feine Wischen, Bargen un Dörper.

De Ries ward splitterndull un bölkt: „Dar mutt een we'n, de wat gegen mi hett un em dat vertellt hett. Vun soeventig Minschen, de ik fungen heff, is dat de eenzige, de mi utkamen is. Dat hest du em woll vertellt!" bölkt he de Deenstedeern an. „Du, ik fret di up statts em!"

Un he wiest ehr de Tähns un bölkt, he will ehr upfreten. Man ik gloov, he hett dat nich daan, se is doch sachs al to oold un to eklig we'n.

***

Morgenroot biestert rum up guut Glück. He weet nich recht, wonem he is, man em dücht, dat is nich wied vun sin Öllernhuus. Do süht he en Veerbeen ankamen, de seggt to em: „Kannst du di dar up besinnen, dat ik di vör de Ries rett't heff? Hier hest du noch en lütte Schachtel, man de dörvst du eerst to Huus upmaken. Dar is ganz wat Feines in."

Knapp hett he sik wedder up'e Padd maakt, do kümmt en Grasmück na em ranflagen: „Kannst du di noch up'e Dag besinnen", seggt 'n, „as du min Lütten upsammelt hest, as se an'e Grund fullen weern?"

„Ja", seggt he, „kann ik."

„Hier, düt Ei schenk ik di; wenn du Tüüg bruukst, kannst du dat man upslaan, du finnst dar de feinste Antog in, de du jichens sehn hest."

En beten wieder bemött he en witte Duuv.

„Morgenroot", seggt 'n, „du hest doch en Veerbeen un wecke Grasmücken ut'e Kniep hulpen."

„Ja", seggt he, „heff ik."

„Dat weern min Süstern. To Lohn heff ik hier en lütte Talisman för di; allens, wat du di vun 'n wünschen deist, ward wahr."

Morgenroot bedankt sik bi de Duuv un geiht wieder; nich lang' un he kümmt bi sin Vadder to Huus an. As sin beide Süstern em wies warrn, ropen se: „Kiek an, dar kümmt de dare lütte Doeg-to-nix wedder an. Harr he nich blieven kunnt, 'nem he weer, wo he nu al mal weg weer?" Un se gahn up em dal un hau'n em.

Do seggt he: „Laat mi doch tofreden, Süstern, ik heff Hunger."

„Och, hest du up din Tour nix to eten kregen?" seggen se un haun em man ümmerlos.

„Hier", seggt he, „düsse lütte Schachtel heff ik schenkt kregen; de will ik ju schenken, wenn I mi darför nich mehr hau'n woe'n un mi en Stück Broot afsnieden."

Se maken de lütte Schachtel up, man do kamen dar wecke grote, dicke Peiten rut, de hoppen um de achtertücksche Süstern rum un rieten dat Muul up un woe'n se upfreten.

Do bedeln se, Morgenroot schall de Peiten doch man wedder in'e Schachtel kriegen. Man as de dar in sünd, hau'n de beiden noch duller up em in. „Hallunk", seggen se, „du hest de dare eklige Peiten woll extra haalt, dat du uns dar bang' mit maken wu'st."

„Hier", seggt he un wiest se dat Ei, „hier is en Ei, dat heff ik schenkt kregen, un na dat, wat mi seggt wurrn is, is dar feine Tüüg in. Dat schenk ik ju, wenn I man guut we'n woe'n to mi."

Do slaan se dat Ei up. Man do kümmt dar en Slang rut, de schütt up'e Süstern los, as wenn 'n se upfreten will. Do bedeln se wedder, he schall de Slang doch man wedder in't Ei rinkriegen, man as he dat daan hett, do woe'n se em um'e Eck bringen.

Do seggt he: „Laat mi eerst noch min Talisman utprobeern." He leggt 'n up'e Disch, un do is de foorts ganz vull Goldstücken.

Do fallen de Süstern em um'e Hals un seggen: „Och, min lütte Morgenroot, wat büst du doch för'n feine Keerl!"

Nich lang' darna blieven de beide achtertücksche Süstern denn doot. Do blifft Morgenroot alleen, un he hett ümmer vergnöögt levt.

De gröne Vagel

Dar is mal en junge Mann we'n, rieke Lüüd se's Soehn, de is geern in't Holt spazeern gahn. Mal spazeert he dar wedder, do ward he en smucke gröne Vagel wies. He will 'n achternagahn, man de Vagel hoppt vun Telgen to Telgen un treckt sodennig de junge Mann ümmer wieder in't Holt rin. Upletzt, hen to Avend, glückt em dat un kriegen 'n faat. Do hett he düchtig Hunger, un he sett sik eerstmal dal ünner en Boom un itt wat, dat hett he mitbröcht. Denn maakt he sik wedder up'e Padd un stevelt bet in'e Nacht rin, ahn dat he weet, wonem he hengeiht. Toletzt ward he en Licht wies un geiht in de dare Richt, un do kümmt he morrns um Klock twee na en Huus. In dat dare Huus wahnt en Ries.

De junge Mann kloppt an'e Dör; do kümmt dar en smucke junge Deern un maakt em up. He is so bannig möö', seggt he, um se em nich upnehmen will. De junge Deern seggt, ehr Vadder is en Ries, un he kümmt bald na Huus. He is ümmer de heele Nacht buten un slöppt bi Dag. – Dat is em schietegal, seggt de junge Mann, wenn he man slapen kann. Do lett de Deern em rin.

Nich lang' darna kümmt de Ries na Huus. „Ik rüük Christenfleesch", seggt he, as he rinkümmt. „Vadder, dat is en junge Mann, en staatsche junge Mann, de kann all Slag'en vun Arbeit maken." – „Dat is ja fein", seggt de Ries.

Klock acht de neegste Morrn röppt de Ries de junge Mann un seggt: „Du musst mi all düt vertüdelte Gaarn ut'nanner kriegen; un hest du dat nich to Middag ferdig, denn fret ik di up." Do geiht de stackels Jung an't Wark, man dat Gaarn is so vertüdelt,

he kümmt dar nich klaar mit. He will al rein ver-
twiefeln, do süht he de Ries sin Dochter in'e Kamer
kamen. „Na", seggt se, „wat hett min Vadder di up-
dragen?" – „He hett seggt, ik schall düt Gaarn
ut'nanner kriegen, man dar kaam ik nich klaar mit.
Heff ik dat up't eene Enne ut'nanner, denn vertüdelt
sik dat up't anner Enne." Do tickt de Deern dar mal
an mit ehr lütte Stock, do is dat Gaarn schier. To
Middag kümmt de Ries. „Hest du din Arbeit daan?" –
„Ja." – „Morrn musst du mi all düsse Feddern sor-
teern, un hest du dat nich to Middag ferdig, denn
fret ik di up."

Do sünd dar Vagelfeddern in all Klören. De Jung
versöcht un sorteern se, man dat ward nix. Kort vör
Middag kümmt de Ries sin Dochter. „Na, wat hett
min Vadder di updragen?" – „Ik schall düsse Fed-
dern sorteern, man ik kaam dar nich klaar mit.
Wenn ik een Deel sorteert heff, fleegen se mi weg un
vermengeleern sik mit de annern." Do tickt de Deern
dar mal an mit ehr lütte Stock, do sünd all de Fed-
dern sorteert. Denn kümmt de Ries un fraagt: „Hest
du din Arbeit daan?" – „Ja." – „Dat is fein."

De neegste Morrn kümmt de Ries sin Dochter wed-
der hen na de Jung. „Na", fraagt se, „wat hett min
Vadder di updragen?" – „Gar nix." – „Na, denn will
he di nu upfreten." Un se sleit em vör un neihn mit
ehr ut. Do glieden se sik denn tosamen af.

Se sünd en Tiedlang lapen, do seggt de Deern to de
Jung: „Kiek di mal um, um du min Vadder seh'n
kannst." – „Ik seh dar achtern en Keerl anrönnt ka-
men so gau as de Wind." – „Dat is min Vadder." Gau
maakt se sik to en Berboom un de junge Mann to en
Fruu, de mit en Stock de Ber'n dalhaut. As de Ries
an'e Berboom kümmt, fraagt he de Fruu, um se nich

hett en Jung un en Deern vörbikamen sehn. Nee, seggt se, se hett nümms sehn.

Do dreiht de Ries wedder um, un as he na Huus kümmt, seggt he to sin Fruu: „Ik heff nix sehn, blots en Berboom un en Fruu, de hett mit en Stock de Ber'n dalhaut." – „Na", seggt de Riesenoolsch, „de Berboom, dat weer se, un de Fruu, dat weer he." – „Ik gah foorts wedder hen", seggt de Ries.

Wieldes sünd de beide junge Lüüd wiederlapen. „Kiek di mal um, um du min Vadder seh'n kannst." – „Ik seh dar achtern en Keerl anrönnt kamen so gau as de Wind." – „Dat is min Vadder." Gau maakt de Deern sik to en Kluus un de Jung to en Eremit, de in'e Kapell de Spinnweven wegfegt. Do kümmt de Ries uck al an. Um he nich hett en Jung un en Deern vörbikamen sehn, fraagt he de Eremit. Nee, seggt de, he hett nümms sehn.

As de Ries wedder na Huus kümmt, seggt he to sin Fruu: „Ik heff nix sehn, blots en Kluus un en Eremit, de weer bi un fegen de Spinnweven weg in'e Kapell." – „Na", seggt se, „de Kluus, dat weer se, un de Eremit, dat weer he." – „Na", seggt he, „dütmal nehm ik dat, wat ik dar finnen do." Un he maakt sik wedder up'e Padd.

De Deern seggt to de Jung: „Kiek di mal um, um du min Vadder seh'n kannst." – „Ik seh dar achtern en Keerl anrönnt kamen so gau as de Wind." – „Dat is min Vadder." Gau maakt de Deern sik to en Karpen un de Jung to en Diek. As de Ries ankümmt, will he de Karpen griepen, man he verleert de Balangs, fallt rin un versüppt.

Do nimmt de junge Mann de Deern mit sik na Huus un heiraad't ehr.

De Fleutenspeler

Dar is mal en Jung we'n, de hett allerhand Saken kunnt. Vör allen is he en bannig gude Musikmaker we'n: Keeneen hett de Dwerfleut so klingen laten kunnt as he; un wo he faken to Danz upspelt hett, mal hier un mal dar, dat he sik en paar Gröschens verdeent, hebben se em tomeist blots noch de Fleutenspeler nöömt. Mal kümmt he vun en Dörpsfest un geiht an'e Stroom lang, do ward he to sin Föten en grote Hekt wies, de liggt dar lang up'e Sand, dat Muul apen, un schient al halv doot.

„Moin, Fleutenspeler", seggt de Fisch.

„Moin, Hekt", seggt de anner.

„Wullt du mi en Gefallen doon?"

„Warum nich, wenn ik dat kann?"

„Ik bün jüst even bi't Springen blangen de Stroom fullen, un du sühst ja, wenn du mi nich helpen deist, denn mutt ik hier krepeer'n. Smiet mi doch wedder in't Water rin; wenn du jichens mal in'e Kniep büst, will ik denn för di uck allens doon, wat ik kann."

„Ha! Wat wullt du al för mi doon koenen!" lacht de junge Mann.

„Dat kann een nie nich weeten", seggt de Hekt.

De Fleutenspeler kriggt de Fisch faat un smitt 'n in'e Stroom. Denn geiht he wieder un fleutet sik een. En Stück wieder langs hört he wedder en Stimm blangen sik: „Moin, Fleutenspeler."

De Jung kickt dal na sin Fööt, dar is de Stimm her-kamen. Toletzt ward he up'e Sand en Pissmier[1] wies, de hett sik wat daan un kann nich mehr lopen, as't schient, de hett böös Mars mit un slepen sik wieder.

„Moin, Pissmier", seggt he.

„Ik wull di um en Gefallen beden."

„Man ümmer rut darmit, ik will seh'n, wat ik doon kann."

„Ik heff mi weh daan un kann nich mehr lopen. Wenn du nich Mitleed hest mit mi, mutt ik hier doot-blieven. Bring mi doch na de Pissmiernhupen. Wenn du uck mal in Noot büst un Hülp nödig hest, will ik dar an denken, wat du för mi daan hest."

„Wat schall mi vun di woll för'n Hülp kamen, du stackels lütte Deert?"

„Kann een dat weeten?" seggt de Pissmier.

De Fleutenspeler kriggt de Pissmier faat, jüst so as eerst de Fisch, un bringt 'n na de Pissmiernhupen en paar Schre' wieder langs. Denn geiht he wieder un denkt dar nich mehr an. En lütte Stück wieder sitt dar uck noch en Imm up sin Weg.

„Moin, Fleutenspeler."

„Moin, Imm."

„Wullt du mi en Gefallen doon?"

„Warum nich, wenn 't angahn kann?"

„Ik heff mi en Flünk tweireten un kann nich mehr fleegen. Wes doch so gut un bring mi na't Immen-

---

[1] Pissmier = Ameise

schuur, laat mi hier nich sitten. Vellicht kann ik dat ja jichens mal wedder guutmaken."

„Och, du Stackel, wenn du dat uck wu'st, wat kannst du al groot för een doon?"

„Wokeen kann 't weten?" seggt de Imm

De Fleutenspeler bückt sik dal, kriggt 'n ganz vörsichtig faat un bringt 'n na't Immenschuur, dat is dar dicht bi. Denn geiht he wieder un is uck bald to Huus.

De Jung is bannig fix un knapphannig, un wat he anfaten deit, dat slumpt em uck, ja, wecke Lüüd seggen, dar mutt wat achter steken, he mutt wiss sowat as en Hexenmeister we'n. Wodennig kunn dat anners woll angahn? Allens, wat em in'e Kopp kümmt, dat kriggt he klaar! Sodennig snacken se. Un toletzt kriggt de König dar uck Wind vun, un do schickt he em een Dag Bescheed, he schall foorts na em henkamen un wat för em doon, un Utreden gellen nich.

De Fleutenspeler wunnert sik ja oever de dare Order; he is bang', dar suert nix Gudes bi rut, man wenn de König wat seggt, wat schall een anners doon as pareer'n? Do maakt he sik denn foorts up'e Padd, un as he up'e König sin Slott ankümmt, do seggt de to em:

„Se heben mi vertellt, du hest grote Macht un kriggst allens klaar, wat du di vörnehmen deist. Nu will ik mal weeten, wat dar an is. Sühst du düsse Sloetel? Dat is de vun min Schatzkamer. De smiet ik nu in'e Stroom, un binnen een Stunn musst du mi de wedder hierher bringen. Wenn du bi en Stunn noch nich wedder hier büst mit 'n, denn laat ik di uphängen."

Un denn steiht de König up, geiht an't Finster un smitt de Sloetel merrn in'e Stroom, de dar vörbilöppt.

„Nu bün ik verratzt", denkt de Fleutenspeler. „De dare Sloetel kann doch keen Minsch wedder halen."

Un weg geiht he, ganz trurig un mit hängen Kopp, un dammelt an'e Stroom lang un weet nich, wat he maken schall. He kann noch so vel nadenken un sik Koppwrack maken, de stackels Jung süht keen Weg un retten sin Leven. As he dar so geiht, ward he mitmal en grote Hekt wies, de plöögt dör't Water un kümmt na em hen, un as 'n dicht an't Över is, seggt 'n: „Wat hest du denn vundaag, Fleutenspeler? Mi dücht, du büst nich guut toweg'."

„Wat schall ik hebben?" seggt de anner. „Een kann doch nich ümmer blots lachen."

„Du büst so vull Sorg, dat is doch nich för nix. Ik will weeten, wat di quälen deit."

„Wenn du dar up besteihst, kann ik di dat ja ruhig seggen, dar ward dat ja uck nich anners vun. De König hett mi ropen laten, un denn hett he de Sloetel vun sin Schatzkamer merrn in'e Stroom smeten un hett seggt, wenn ik em de dare Sloetel nich bi en Stunn wedder bringen do, denn lett he mi uphängen. Schall ik mi dar vellicht to freu'n?"

„Wenn 't wieder nix is", seggt de Hekt, „denn maak di man keen Gedanken, dar kann ik di ut'e Kniep helpen. Kannst di dar noch up besinnen, as du mi halvdoot an't Över vun'e Stroom funnen hest un ik di be'n heff, du schu'st mi wedder in't Water smieten? Du hest dat daan un hest mi dat Leven rett't. Vundaag will ik di darför helpen."

Darmit dreiht de Hekt sik um un dükert dal in't Water, un na en Ogenblick kümmt 'n wedder hooch un swümmt dicht an't Över un hett de Sloetel in't Muul.

Do is de Jung mal froh! All dat Gold in'e Welt harr em nich so'n Freud maken kunnt. He nimmt de Sloetel, bedankt sik düchtig bi de Fisch un löppt foorts hen un bringt 'n na de König.

„Dat hest du fein maakt", seggt de König, „dar lett sik nix gegen seggen. Ik seh, du büst keen Doeskopp. Man du büst noch nich ferdig. Nu warr ik in't Holt en Sack Bookweetengrütt utstreu'n laten, merrn in't Kratt, un wenn du nich bi en Stunn de ganze Grütt wedder insammelt hest un dar fehlt uck man een Koorn, gifft dat nix as de Galgen för di."

Denn röppt de König sin Deener un gifft em Order, he schall en Sack Bookweetengrütt vun'e Boehn halen un de in't Holt mang de dichteste Büsche utstreu'n. Dat deit he uck foorts.

Do is de Fleutenspeler ja wedder böös in'e Mors knepen.

„De König will mi um'e Eck bringen", denkt he, „dütmal kann ik dar sachs nich mehr rutkrupen. Wokeen kann woll mit so'n Upgaav klaarkamen?"

Man he geiht doch hen to Holts un sett sik dar dal, de Kopp mang de Hänne, ganz trurig oever sin Mallöör. As he dar so oeverleggt, de Ogen an'e Grund, ward he en Pissmier wies, de is vör em stahn bleven un kickt em so quanswies an. Un denn seggt de Pissmier: „Du kickst vundaag bannig düüster, Fleutenspeler! Dörv ik mal weeten, wat los is?"

„Wat schall al los we'n?" seggt de Jung. „Un denn, wenn ik uck Kummer heff, wat bringt dat, wenn ik di dat vertell?"

„Och, vellicht mehr, as du denkst. Vertell mi man mal, wat dat gifft."

„Wenn du dar up besteihst, will ik di dat verknoopfiedeln. De König hett en Sack Bookweetengrütt mang de Büsche hier in't Holt utstreu'n laten un hett seggt, wenn ik nich in een Stunn de ganze Grütt, allens, wat dar is, uck dat letzte Koorn, wenn ik dat nich allens wedder upkregen heff, denn lett he mi uphängen. Do is dat doch klaar, min Leven is to Enne."

„Dat is allens?" seggt de Pissmier. „Na, ool Fründ, denn laat man de Ohren nich bummeln. Kannst du di dar up besinnen, as ik mal din Hülp bruuke? Ik harr mi weh daan un kunn nich mehr lopen, un dar hest du mi na de Pissmiernhupen bröcht. Ahn di weer ik dootgahn, un dat heff ik di nich vergeten. Nu will ik di denn dat Leven retten."

Darmit glitt 'n sik af, un as 'n wedderkümmt, hett 'n all de Pissmiern vun'e Hupen mit, un de lopen foorts ut'nanner na all Sieden un sammeln de Grütt in. Un de Jung kann mit de Hänne in'e Taschen tokieken, un in Null Komma nix is allens insammelt, dar fehlt uck nich een Koorn. Un as de König kümmt un kieken will, do is he wedder düchtig verbaast, dat allens so is, as he dat befahlen hett. Un do seggt he to de Fleutenspeler:

„Dat hest du guut maakt, min Jung, bannig guut. Du hest ja woll de Düvel in't Liev. Dat is nich för nix, dat se sodennig vun di snacken. Man blots – du büst de Saak noch nich quiet. Süh mal, ik heff dree Döchter, all dree smuck, un se seh'n sik so liek, ik kann se sülven man knapp ut'nanner holen, un een vun se hett sik in di verkeken. Morrn gah ik mit se na de Herrgottsdisch, un wenn se in'e Kirch sünd, scha'st du mi vör all de Lüüd seggen, wat dat för een is, de di leev hett. Raadst du richtig, ward se din Fruu; raadst du verkehrt, warrst du uphängt."

Nu sitt de stackels Fleutenspeler noch deeper in'e Schiet as vörher. De König sin Dochter heiraden, fein, dat maakt em ja keen Koppwehdaag. Man nie nich hett he een vun de dree Deerns to seh'n kregen, nich vun dichten un nich vun wieden. Wodennig schall he de rutkennen, de em leev hett? Trurig glitt he sik af un denkt, dütmal is för em allens ut. Do flüggt em ünnerwegens en Imm in'e Mööt un fraagt em, wat em denn oever de Lever lapen is, dat he so suer kieken deit.

He hett ja uck nix to lachen, seggt de Jung. Un denn vertellt he 'n sin heele Saak, un sett noch darto, he is nu woll verratzt, denn nu gifft dat ja nix, wat em helpen kann.

„Dat denkst *du*", seggt de Imm. „Kannst du di dar up besinnen, dat du mi mal up din Weg funnen hest, as ik mi en Flünk braken harr un du mi na dat Immenschuur bröcht hest? Do hest du mi dat Leven rett't. Un nu will ik för di datsülve doon. Morrn fröh, wenn de König mit sin Deerns to Kirch geiht, denn bün ik uck dar. Denn sühst du mi um'e Kopp vun een vun se fleegen, un dat do ik denn so dull, dat se toletz ehr Snuuvdook nimmt un darmit weih'n deit, dat se mi wegjagen will. Kiek nipp hen, dat du di nich vergriepen deist, dat is de, de du de König angeven musst."

So seggt de Imm. De Fleutenspeler will sik bedanken, man as he de Mund upmaakt, is 'n al weg. Do geiht he denn wieder un kümmt tofreden un glücklich to Huus an.

As de neegste Morrn de Klocken lüden, kümmt de König un geiht in'e Kirch rin mit sin dree Deerns, all dree bannig liek, all dree fixe Deerns, smuck as man wat. De Fleutenspeler, ganz hen un weg, kümmt en paar Schre' achter se. „Nie un nümmer", denkt he, „ward een vun de dare smucke Deerns din Fruu!"

Man as se sik dalsett hebben, ward he foorts de Imm wies, de is to rechte Tied kamen. Un de flüggt liek hen na een vun se un geiht bi un brummt ehr um'e Haar un um't Gesicht, ümmer dichter, bet 'n an ehr Ogendeckeln kümmt, dat de Deern toletzt ehr Snuuvdook ruthaalt un darmit weiht, dat se de Imm wegjagen will. Do steiht de Jung gau up un seggt to de König: „De hier, de mit ehr Snuuvdook en Imm vun ehr Haar wegjaagt, dat is de, de mi lieden mag."

As he dat seggt hett, flüggt de Imm weg un summt vör Freud un is verswunnen. Un de König seggt: „Dat stimmt, de is dat; un wo du nu richtig raden hest, schall se din we'n un din Fruu warrn."

Do is de Fleutenspeler dörch mit all sin Maleschen, un, wat noch beter is, he heiraad't de König sin Dochter, de em leev hett.

De Deern in Witt

Dar is mal en Jung we'n, en ganz arme een, de is ümmer to Holts gahn un hett Holt sammelt för un kriegen de Kaat warm. Mal bemött he en feine Herr, de fraagt em, wat he dar in't Holt maken deit.

He sammelt dröge Holt, seggt he, denn bi em to Huus hebben se nich nugg Geld för un kopen wat to brennen.

Wenn he em toseggen will un kamen dar bi en Maand wedder hen na em, seggt de Herr, denn will he em Geld geven.

Een Maand later geiht de Jung wedder hen na de Stä', 'nem he de feine Herr bemött is. Man he kann kieken so vel, as he will, un wonem he will, he kann em nich wies warrn. Do geiht he bi un söcht dar en beten rum un kümmt an en Diek. Dar sünd jüst dree junge Deerns henkamen un woe'n dar baden. De eene hett witte Tüüg an, de anner griese, un de drütte hett en blaue Kleed. He nimmt fein de Mütz af, as sik dat hört, un wünscht se en gude Dag un fraagt se, um se nich hebben de Herr sehn, de he söken deit. De Deern in't witte Kleed vertellt em denn, wonem he em finnen kann, un wiest em de Weg na sin Slott:

„Fraag em man, um he nich en Deener bruken kann. Wenn he denn din Deenst annahmen hett, ward he di wat to eten anbeeden; dat eerste mal, wenn he di dat henstellen will, seggst du: ,Dar bün *ik* ja nu hier för, dat ik *Ju* bedeen.' Dat tweete Mal seggst du datsülve, man arig wat groffer. Un dat drütte Mal stöttst du dat Tablett t'rügg, wat he di anbeeden deit."

Dat duert nich lang', un de Jung kümmt an't Slotts-door, un dar ward he foorts de feine Herr wies, de is jüst bi un snappen frische Luft.

„Na, dar büst du, min Jung", seggt he, „un wat wullt du hier?"

„Seh'n, um I nich koenen en Deener bruken, Herr."

„Du büst doch de, de annerletzt in't Holt Sprock sammeln dä; di nehm ik in Deenst."

He geiht in't Slott rin, un de Jung geiht mit. En Ogenblick later kümmt sin Herr an mit en Teller Fleesch.

„Velen Dank, Herr", seggt de Jung höflich, „man dar bün *ik* ja nu hier för, dat ik *Ju* bedeen."

„Nimm, un laat di nich lang' nödigen."

„Nee, Herr", seggt he brutt, „dar bün *ik* ja nu hier för, dat ik *Ju* bedeen."

„Nimm, segg ik."

Dütmal smitt de Jung de Teller up'e Del, dat 'n twei geiht.

„O", seggt de Herr ahn Arger, „dat is jüst de Slag Deener, de ik söök. Wenn du dree Dingen doon wullt, de ik di heeten do, denn kriggst du een vun min Deerns."

***

De neegste Morrn gifft de Herr de Jung en Äx vun Blie, en Saag vun Papier un en Schuuvkaar vun Eekenbläder. Denn seggt he, he schall de dare Dag en Schrupp[1], de soeven Mielen in Umfang meten deit, de schall he de dare Dag dalhau'n un denn dat Holt bünneln un stapeln. De Jung denn ja hen na de Schrupp un geiht bi sin Arbeit. Man de Äx vun Blie is bi de eerste Slag krumm, de Saag vun Papier hollt uck nix ut, un as he een lütte Twieg up'e Schuuvkaar vun Eekenbläder leggt, is de platt.

As he dat süht, hollt he up mit'e Arbeit un sett sik dal in't Gras.

To Middagstied kümmt de Deern in't witte Kleed, de he an'e Diek sehn hett, un bringt em wat to eten.

„Wat sittst du Torfkopp dar un deist nix?" seggt se. „Wenn min Vadder kümmt, bringt he di um'e Eck."

„Wat schall ik denn maken?" seggt he. „Ik heff ja blots so'n elennige Warktüüg."

„Hier hest du en lütte Stock", seggt de Deern, „de nimmst du in'e Hand un geihst eenmal um'e Schrupp un seggst: ‚Dat Holt schall fallen, un dat schall t'rechthaut un bünnelt un upstapelt we'n'."

De Jung deit, as de Deern in Witt em heeten hett, un de Böme fallen so gau, up'e halve Namiddag is de Arbeit daan.

To Avend fraagt de Herr em, um he hett sin Arbeit ferdig.

Ja, seggt he, he kann sik dat ankieken.

Is guut, seggt de Herr, morrn kriggt he wat anners to doon.

---

[1] Schrupp = Kratt

De neegste Morrn seggt de Herr to sin Deener: „Hier is en Barg. Vunavend schall dar en Gaarn we'n mit Appel- un Berböme in, un in'e Mitt en Diek mit Fisch, 'nem Enten up swümmen. Hier is din Warktüüg."

Dat is en Krüüzhack vun Glas un en Spaa vun Puzzelaan. De Jung geiht an't Wark, man bi de eerste Slag springt sin Warktüüg in dusend Stücken.

„Dat lohnt sik gar nich un versöken dat wieder", denkt he, „mit so'n Warktüüg is nix to maken."

To Middagstied kümmt de Deern in Witt un bringt em sin Middag

„Na, du Torfkopp", röppt se, „sittst al wedder dar mit de Hänne in'e Schoot? Wenn min Vadder di so to seh'n kriggt, haut he di doot."

„Wat schall ik denn maken mit en Hack ut Glas un en Spaa ut Puzzlaan?"

„Hier", seggt de Deern, „hier hest du en lütte Stock, dar geihst du mit um'e Barg un seggst: ,De Barg schall platt we'n, un dar schall en Gaarn we'n mit Appel- un Berböme in, un in'e Mitt en Diek mit Fisch, 'nem Enten up swümmen.'"

De Jung nimmt de Töverstock, un wat he seggt, is foorts daan.

„Is din Wark ferdig?" fraagt sin Herr.

„Ja", seggt he.

„Morrn kriggst du wat anners to doon. Baven up'e Toorn vun't Slott, de is vun poleerte Marmelsteen, dar sitt en Duuv, de scha'st du dalhalen."

Man de Herr meent, de Deern in Witt hett sin Dee-
ner sachs hulpen, un do seggt he de neegste Morrn to
ehr, se schall to Stadt gahn un inkopen. As se dat
hört, geiht se eerstmal in ehr Kamer un broelt sik en
Stück. Do kamen ehr Süstern un fragen, wat se to
blarr'n hett.

Och, seggt se, ehr Vadder will ehr to Stadt schicken,
un se will leever dar blieven.

Se schall man upholen mit Weenen, seggen se, se
woe'n för ehr gahn, dar kriggt se's Vadder gar nix
mit vun.

To Middagstied dröppt se de Jung, wo he nedden
an'e Toorn sitten deit.

„O, du Torfkopp!" röppt se, „elkeen Dag, wenn ik
kaam, büst du bi un deist nix. Du weetst doch, wenn
de Herr di sodennig to seh'n kriggt, haut he di doot."

„Man ik bün nu mal nich kumpabel un klarrn up de
dare Toorn rup", seggt he, „de is glatter as Glas."

„Denn will ik di nochmal helpen", seggt de Deern.
„Du nimmst nu en Ketel, snittst mi in Stücken un
deist dar all min Knaken rin, all! Anners ward dar
nix vun."

„Nee", seggt de Jung, „leever will ik starven, as dat
ik so'n feine Deern wat ando."

„Do, wat ik di segg", seggt se, „un maak di keen Sor-
gen."

Upletzt lett de Jung sik besnacken, man he deit nich
all de Knaken in'e Ketel, de Knaak vun ehr linke
lütte Tehn behollt he. De Deern fraagt:

„Büst du baven?"

„Nee."

„Büst du nu baven?"

„Noch nich."

„Büst du nu denn baven?"

„Ja", seggt he, „ik heff de Duuv bi de Fööt."

As de Jung wedder nedden is, fraagt de Deern:

„Hest du uck all min Knaken in'e Ketel daan?"

„Ja."

„Stimmt dat uck?"

„Ja."

„Kiek leever nochmal na, um du uck keen vergeten hest."

„Ik heff een lütte Knaak vun din Tehn beholen", gifft de Jung upletzt to.

„Na guut", seggt se, „denn behol 'n man."

Denn nimmt se ehr Töverstock, de liggt blangen de Ketel, un as se dar ehr Knaken mit anroegt hett, gahn de wedder tosamen, un se is wedder so as vördem.

„So", seggt se, „nu hest du din Proven dörstahn, nu gifft min Vadder di de Wahl mang sin dree Deerns, un du kannst mi ja rutkennen an min linke Foot."

As de Jung sin Herr de Duuv bringt, seggt de, so, as he em dat toseggt hett, kann he sik nu een vun sin Deerns utsöken.

Do kamen de dree Deerns rin. Se hebben all en Sleier vör't Gesicht, un de Vadder hett se sik anners antrecken laten as för gewöhnlich. Man de Jung kennt de, de em hulpen hett, an'e Foot, 'nem een Tehn an fehlt. He geiht liek hen na ehr, un do heiraad't he ehr.

***

Man de Herr passt de dare Hochtied nich; an'e Hochtiedsdag lett he dat Bett för dat junge Paar oever en Kellerlock upslaan un lett dat an veer Tauen vun'e Boehn hängen. As de beiden to Bett sünd, geiht de Deern ehr Vadder na de Kamer un fraagt: „Swiegersoehn, slöppst du?"

„Nee."

„Swiegersoehn, slöppst du?" fraagt he wat later.

„Nee, noch nich."

Do geiht he weg un kümmt denn dat drütte Mal mit desülve Fraag. Sin Swiegersoehn deit, as wenn he slöppt un seggt nix, so as sin Fruu em dat raden hett.

As ehr Vadder wedder weg is, seggt de Deern in Witt to ehr Mann, he schall keen Tied verleer'n un dallopen na de Perdestall. Un dar schall he sik up dat Perd Lütte Wind setten un utneih'n.

De Jung is noch nich lang' weg, do kümmt de Herr vun't Slott wedder na de Kamer un fraagt: „Dochter, slöppst du?"

„Nee, Vadder."

„Dochter, slöppst du?" fraagt he denn nochmal.

„Nee." –

„Dochter, slöppst du?"

Se seggt nix, un do geiht de Herr na sin Fruu un seggt: „Se slapen; kumm mit, wi woe'n seh'n un warrn se los."

Se hau'n de Tauen dör, un dat Bett suust mit en Rumms dal in't Kellerlock. De Herr vun't Slott hett ja keen Licht mitnahmen, he weer bang un maken de beiden waak, un nu denkt he: „So, de sünd doot, de seh'n wi nich wedder."

Man as he hengahn is un halen sin Fruu, do is de junge Fruu upstahn ut't Bett, un nu geiht se hen na ehr Mann.

„O, du Torfkopp", seggt se, „du hest ja Grote Wind nahmen un nich Lütte Wind, as ik di dat seggt harr. Dat bedüüd't för jichens een de Dood. Laat uns man tosehn un neih'n ut."

Ünnerwegens fraagt se ehr Mann, um he achter se nich wat seh'n deit.

Nee, seggt he.

„Sühst du nix?" fraagt se en beten later wedder.

„Nee, nix."

„Kiek nochmal: Sühst du nu wat?"

„Ja, ik seh en grote Füerball."

Se nimmt ehr lütte Töverstock, kloppt dar dreemal mit un seggt: „Grote Wind schall to en Gaarn warrn, ik to en Berboom un min Mann to en Gaarner."

De Vadder un Mudder, de de beiden faat kriegen woe'n, blieven dicht bi de Gaarn stahn: „Is hier nich en lütte Keerl to Perd vörbikamen", fragen se de Gaarner.

„Dree Ber'n för een Schilling!" seggt de Gaarner.

„Dar heff ik nich na fraagt; is hier en lütte Keerl vörbikamen?"

„Veer för en Schilling, wieldat I dat sünd", seggt de Gaarner.

„De Keerl is ja woll tumpig!" ropen se un jagen wieder.

As se weg sünd, nehmen de Fruu, ehr Mann un Grote Wind wedder se's natürliche Gestalt an un sehn to un kamen wieder.

„Sühst du nix?" fraagt de junge Fruu.

„Nee."

„Sühst du nix ankamen?"

„Doch, ik seh en grote Füerball."

Do bruukt de Fruu wedder ehr lütte Töverstock un seggt: „Grote Wind schall en Kirch warrn, ik en Altar, un min Mann en Preester."

Lütt beten later kamen de, de achter se ran sünd, in'e Kirch rin un fragen de Preester: „Hebben I nich en lütte Keerl un en lütte Fruu hier vörbikamen sehn?"

„Der Herr sei mit euch", singt he, de dar an't Altar steiht.

„Ik fraag, um I hebben en lütte Keerl un en lütte Fruu hier vörbikamen sehn?"

„Und mit deinem Geist."

„De dare Preester hett ja woll een up'e Luuk", brummelt de Herr.

So draa, as se ut'e Kirch rut sünd, deit de lütte Stock wedder sin Deensten: Grote Wind un de dar up rieden kriegen wedder se's natürliche Utseh'n un seh'n to un kamen wieder.

„Sühst du nix ankamen?" fraagt de Fruu ehr Mann.

„Nee."

„Sühst du nu uck nix?"

„Ümmer noch nix."

„Pass guut up un maak de Ogen up."

„Ik seh so wat as en Küselwind vun Füer."

Foorts kloppt de Fruu dreemal mit ehr Töverstock un seggt: „Grote Wind schall en Stroom we'n, ik en Boot un min Mann en Schipper."

As de Herr un sin Oolsch an't Över vun'e Stroom ankamen, fragen se de Schipper: „Oeversetter, hest du hier en lütte Keerl un en lütte Fruu langkamen sehn?"

„Ja", seggt he, „dat is noch gar nich lang' her, do heff ik se oeversett."

Do gahn se foorts an Boord, un as se merrn up'e Stroom sünd, do sleit de Boot um, un de Herr un sin Oolsch versupen. De lütte Töverstock kümmt nochmal in't Spill, un Grote Wind un sin Rieders kriegen wedder se's gewöhnliche Utseh'n un rieden ganz geruhig wedder t'rügg na't Slott. Do is de Herr sin ganze Kraam se's. Man wat denn ut se wurrn is, dat weet ik nich.